小民杂艺秀

秀文笔 秀故事
秀摄影 秀绘画
秀语言 秀跳伞

齐一民 著

云南出版集团
云南人民出版社

图书在版编目(CIP)数据

小民杂艺秀 / 齐一民著. -- 昆明：云南人民出版社, 2019.3
ISBN 978-7-222-18301-8

Ⅰ.①小… Ⅱ.①齐… Ⅲ.①随笔－作品集－中国－当代 Ⅳ.①I267.1

中国版本图书馆CIP数据核字(2019)第014649号

责任编辑：朱　颖
责任校对：范晓芬
责任印制：李寒东

小民杂艺秀
齐一民　著

出　版	云南出版集团　云南人民出版社
发　行	云南人民出版社
社　址	昆明市环城西路 609 号
邮　编	650034
网　址	http://ynpress.yunshow.com
E-mail	ynrms@sina.com
开　本	889mm×1194mm　1/40
印　张	5.45
字　数	100 千
版　次	2019 年 3 月第 1 版第 1 次印刷
印　刷	昆明精妙印务有限公司
书　号	ISBN 978-7-222-18301-8
定　价	38.00 元

云南人民出版社微信公众号

如需购买图书、反馈意见，请与我社联系

总编室：0871-64109126　发行部：0871-64108507　审校部：0871-64164626　印制部：0871-64191534

版权所有　侵权必究　印装差错　负责调换

目　录

第一部分　秀文笔 ··001

听司徒双讲解父亲司徒乔的画作 ··003
百兽的"天姿"随"丑龙"而去——海昏侯展印象 ···················005
一年一度的京郊植树活动掠影 ··009
一场错过了"饮酒歌"的《茶花女》··011
从陈忠实去世看艺术家的"被掏空"··013
语言大学开放日素描 ··016
十六年后再观郑京和拉琴 ··017
爱上《水仙女》并不需要太多的理由··020
当文艺片就要消亡的时候——《百鸟朝凤》观后 ·······················021
老街坊杨绛真的去世了 ··023
《百鸟朝凤》的唢呐来自波斯 ··025
吴建民大使——爱心拳拳的人类和平的护佑者 ···························028
　　附：听吴建民大使讲国际形势报告的深刻印象 ···················028

无巧不成书——那些在我的书桌上生死重逢的作者们（之一）：
安·帕奇特和她的老师……………………………………………033
无巧不成书——那些在我的书桌上生死重逢的作者们（之二）：
毛姆和宋以朗的爷爷………………………………………………035
终于把"莲花池"三字"变现"成一个荷花湖………………038
北京作协采风参观保定西汉中山靖王刘胜墓、观长信灯随感……041
叹钱穆《师友杂忆 八十忆双亲》选用的文言体……………042
我为什么偏要试译艾尔玛·邦贝克的小说………………………045
  附：我从利奥曼试衣间了解的全部动物行为举止（节译）……047

第二部分　秀故事……………………………………………053

糖尿病人……………………………………………………………055

  一　2017年4月16日…………………………………………055

  二　5月3日……………………………………………………056

  三　5月4日……………………………………………………057

  四　5月5日……………………………………………………059

  五　5月8日……………………………………………………060

  六　5月13日……………………………………………………062

  七　5月15日……………………………………………………064

八　5月18日	066
九　5月21日	068
十　5月22日	072
十一　5月25日	074
十二　5月26日	075
十三　5月27日	077
十四　5月28日	079

第三部分　秀技艺 083
涂鸦心得录 085

一　进水墨世界	085
二　不得开始画水彩画	086
三　徐悲鸿的动物和齐白石的昆虫们的"眼神儿"	088
四　手低不怕，怕的是眼不高	090
五　从《漓江山水天下无》看李可染的"黑"	092
六　过年点红梅	094
七　我画的都是"灵感画"	096
八　金葫芦、宝岁月	098
九　从南瓜到倭瓜的"嬗变"——本人追求的就是不像！	101

十　　张大千的画作实在是太高大全了！ …… 103
十一　这篇《涂鸦心得录》的"人设"是什么 …… 104
十二　我为狗年到来预备的画作 …… 105
十三　毕加索的"春梦" …… 108
十四　一到洱海考察民间艺术，俺就打算退出画坛 …… 109
十五　莫非只有人类才会倒行？ …… 111
十六　我用画说："我是你爸爸！" …… 112
十七　我用八大的"白眼"悼李敖 …… 113
十八　为霍金、普希金"造像"时忽然发觉自己的画是"人文画" …… 116
十九　小贩卖给我的"棺材画" …… 120
二十　画《步辇图》时我把唐太宗的脸画成了毕加索风格的 …… 122
二十一　色盲的我也能当伟大的画家吗？ …… 125
二十二　水墨蒙娜丽莎 …… 127
二十三　再次走近《王蜀宫妓图》时对"实践出真知"的新感悟 …… 128
二十四　也说图画中的"味道" …… 130
二十五　一幅"狐狸精"画作的收藏史（小小说） …… 132
二十六　我画的肖像画 …… 134

二十七　那些鬼才大师们 ·············· 138
二十八　该不该拜师学画?——一个"老大"的困惑········ 140
二十九　涂鸦总数超两百幅的纪念 ·············· 143

有点模糊——摄影行知录 ·············· 146

一　为啥有点模糊? ·············· 146
二　写作缘起之二:想"一条龙"和"杠上开花" ·········· 148
三　和日本人、犹太人相比,本人摄影有几个"比较优势" ··· 151
四　北语校园日,有两个镜头竟没能捕捉到 ·········· 153
五　和大师找差距——中国照相馆照相记 ·········· 157
六　黑与白——黑白照片的尝试 ·············· 160
七　昨天,我追着彩云狂拍 ·············· 162

第四部分　秀出行 ·············· 165

马来西亚、新加坡语言现象小考 ·············· 167

土耳其"浪漫"游记 ·············· 177

一、对"浪漫"的注解 ·············· 177
二　"热情"的土耳其人 ·············· 178
三　今宵在何处——亚洲?欧洲? ·············· 180
四　土耳其,一只七彩的"美丽火鸡" ·············· 183

五　我们的"土导游"穆斯塔法……………………………186

六　穆斯塔法和我之间………………………………………188

七　说了另外99.9%解说词的阿法……………………190

八　人家为何那么热爱废墟?………………………………193

九　废墟的启示………………………………………………197

十　在土库曼斯坦国机场看世界杯决赛…………………200

十一　也说"土语"的拉丁化变革…………………………202

十二　"浪漫之旅"的不舍终结……………………………205

这是一部计划外的集子 …………………………… 208

第一部分 秀文笔

听司徒双讲解父亲司徒乔的画作

2016年3月27日　星期日

　　昨日在美术馆观看的两个展览都是和鲁迅有些关联的,其一是鲁迅和当代美术的关系的——这个展早先就知道会有,另一个是以"赤子之心"为题的司徒乔和司徒杰作品展,这个是事先没预料的,更没想到的是看见一老妪在司徒乔的展厅为大家做讲解,她叫司徒双,是司徒乔的二女儿,我于是就尾随着听了一程又一程,直到闭馆的时刻到来。

　　一个八旬的女儿为已经逝世了近六十年的老父亲的作品当讲解员,真是一道难得一见的人间奇景,反正我第一次见到。它会激起你的无穷想象,而且是连锁的,比如:她的父亲是鲁迅的好朋友,因此,她就该叫鲁迅"伯伯",而那个"伯伯"都已经去世八十年了;还有,她父亲曾在鲁迅的棺木闭合前最后几分钟为鲁迅的仪容画速写画;而本人下午去沙滩北大"红楼"旧址参观时买了两本书——一本是毛边的一本不是毛边的,都是鲁迅许久前写的;"红楼"一层教室的黑板上还有鲁迅讲解《中国小说史略》时留下的笔记（当然是后人模写的）……以上这些往事的时空跨越就已经接近了百年，而眼前这位司徒双老人身上携带的文化DNA似乎都可触摸到，它（那基因）一向上追溯，就追溯到了民国。民国于我等是那么的遥远，但聆听这位赤子激情仍然不减的老者（我想是乃父遗传的优良品行）讲解父亲的那些故事和墙上的那些画时，民国又那般的近。

司徒乔画作《五个警察一个零》、蒋兆和的《流民图》和鲁迅《故乡》等小说的灵魂是相互关联着的，因而，鲁迅注定会喜欢并在室内悬挂《五个警察一个零》。好文学、好美术均来自人的"好心"，来自对人世间的悲悯之情，来自大爱、大慈和大悲，这恐怕是个定律。因而，司徒乔的画现在看起来仍旧那么的色彩光鲜，毫无腐朽的感觉，内在的激情还在不停地燃烧——尤其在当过北外法语教授的女儿司徒双口软悬河、声情并茂的"助力"之下。

百兽的"天姿"随"丑龙"而去——海昏侯展印象

2016年4月9日　星期六

不知道打了多少次那个总是占线的预约电话之后，终于，我冷不丁被告知能到家门口的首博去看"海昏侯考古成果展"了。那是个刚被从南昌挖出来的汉坟，电视直播中看到有金子做的饼子，由此就非常的好奇。公开挖祖坟这种事挺好玩，并且挺费解的——当我真的在博物馆中围观那些亮得几乎分不清究竟谁生活在当下、谁生活在两千年前，能让时间的更迭彻底被忽视掉的柿饼样的金饼时，我思考着：你想，2000年前刘贺（曾当过几十天的天子，33岁就死去的海昏侯）被轰轰烈烈掩埋的时候，掩埋他的人本想让他的那个地下要什么就有什么的"家"从最后一抱土被撒上去后就随着地球的原貌土里土气地消失在地表，然后随着地球整日地转呀转，就仿佛什么都没有、什么也没发生过似的安静下去——这该是当时煞费苦心隐藏坟墓之人的本意。没想到的是，后续的子孙中先出了一拨拨的盗墓贼，接着，20、21世纪又从西方舶来了一种能官方地、冠冕堂皇地、光明正大地、毫无顾忌地挖刨祖上坟茔的"考古发现学"。于是,偶然地一次被曝光之后,那个昏睡了2000多年的"昏候"在地表之下原本谁都不想让知道的家,就被用卫星电视直播的方式在众目睽睽之下刨挖开了,刘贺的"千年地下酣梦"也就中途阻断了;于是,2000年前一切的一切就这么被"大揭秘"了,再不是什么神奇的事,我本人呢,也就能在家门口的博物馆中俯视着欣赏那些"柿饼子"和马蹄型的仍然和2000多年前一模一样闪闪发光的金子了。你瞧,这是怎样的一段时空穿越之旅呀!

时光穿越感更强的是那第二个也需预约才能看的"殷墟妇好墓展",她那个墓比海昏侯的又提早了1000年,距今已3000年了。你想象:刘贺当"昏君""昏候"的时候,妇好女士就已经从地球上消失1000年了,这种"时间的玩法"简直就不把"年"当年,就仿佛今人已经不再把"元"当元,不把1000元的票子再当钱了似的!于是,我真有点"昏"了。

妇好墓最令人难于释怀的是展厅尾巴处的那个镇展之宝——妇好铜鸮尊(网上能搜到它的尊容,是只青铜猫头鹰),那绝对是个精灵一样的家伙,用什么样的褒奖词汇往它身上贴都不为过,据说它是河南博物馆的镇馆物,也是中原人的骄傲。

比较下距今3000年和距今2000年前的随葬品,再想想我们还不知道的我等之后的1000、2000年后的地球的模样,先把时空的幅度拉开,然后我大胆地假设:中国真正全面以真实动物为模特、为图腾的艺术史,大致终结于海昏侯那个时代,因为那个时期大一统已经实现,龙的图腾已基本定型,但龙压根就不是个真实的动物——不是鸮(猫头鹰),也不是大象(殷墟时代河南原野上还有大象在奔跑哩),更不是野马、野牛和野驴(那时候还都真有)。龙是个人工合成的原本丑陋不堪而且挺恐怖的家伙!因此,中华艺术史在秦汉大一统政体被打造成功之后,就脱离开以千万种鲜活野生动物为蓝本塑形的"野生时期"了,就被龙化、功利化、象征化、目的化了,就再无活气、生气和原始气了,就变得死板无神了。(你看妇好时代的艺术品是多么的无定式、无规则和随心所欲啊!)一句话,就是失去野性也没啥子意思了!当龙这种人造合成的会飞的张牙舞爪的"大蟒蛇"进入我们的视线并统治我们的审美,(龙多么的不美呀!)上古人青铜器上那些生动活泼地从"一手大自然"而来的猫头鹰、麋鹿、野马等野物就从华夏的艺术造型中逃遁消亡了,从那以后,华夏的艺术品就步入了"二手自然时期",哦,不过汉代还好,大刘

（刘贺随葬的一个印章那么称呼他）墓中汉代的一盏油灯还是一个天鹅的造型，我细观察了，那只鹅的下肢、那个鹅脚蹼还像真鹅的爪子似的，挺逼真的哩。

艺术本应为艺术而生，模特本应随心而取，但是，当"龙""凤"这类的图腾被定型为上品而高不可攀时，猫头鹰（鸮）时代百家野兽平等争鸣争艳的"上古时代"就寿终正寝了，由此，华夏晚期艺术在造型的丰富上不仅无法和史前时期相比，更无法和同时期的印度等南亚邻国相提并论。同样在首博，我曾观看过一次印度的佛教艺术品展，那多彩多姿，那百兽齐全，那想象力之丰富，是华夏后期艺术绝对无法攀比的——除非，咱们再回到妇好鸮尊的艺术自由时代，当时，倒能和印度艺术比拼一番风采多姿！

一年一度的京郊植树活动掠影

2016年4月17日　星期日

一年一度去郊区植树——是物业公司组织去的，这是该物业公司组织的第15个植树节了，据说是只有按时交物业费的业主才能参与，因此，我只能去最近的两个了。前天还从该物业公司领取了两桶鲁花牌花生油——就是号称"人民大会堂专供"的那种，听说也是对能按时交物业费家庭的特殊奖励，因此都发放十多年了，我也才领到过两次。不过眼下物业费，我可是都交齐了。

去年植树是在雁栖湖旁的红螺寺景区，今年是在顺义的一个国营的度假村。这种植树——从去年的经验，有些像是城里人的噱头和附庸风雅：刨坑的地方土是无限松软的，树苗是别人先摆放好的，"种树人"只用稍微费点气力，一棵树就算种完了，然后就是和树兴高采烈的合影，再就是用手机群发，有高调的还在种树的地方安放一块预制的看似造价不菲的"植树纪念碑"——去年一个叫"华融"的国营金融系统的植树团体就是那么干的，只见他们全体植树人员在事先刻制好的纪念碑前合影，给人的感觉，那些他们种下的树的寿命,还远没有那块石碑的寿命长久似的。

昨天种树种到一半,当我等将全身吃奶的力气都用于刨树坑,几乎都用尽了还是没刨好一个树坑的时候,才意识到今年的种树是动真格的,因为那半山腰压根就不是种树的地方,满地都是顽固的碎石,于是,那些原本带着半游玩心态来的同路人们的心气儿还不到"一棵树"的时辰就已经消耗光了,就出现了萎靡不振和跑路者的身影。

本人还是蛮动真格的,我用那些在健身房里将四肢不停运动的运动族们的架势,将左右脚、左右手和左右心、左右脑等所有器官都前所未有地调动和发动起来,我一个坑一个坑地刨,一铁锹一铁锹地铲除、搬运着碎石和泥土,坑挖好后把树苗插进树坑,然后培土,然后浇水。这样,三四棵树就算种完了,最后,将物业公司发的、写着本人名字的小塑料标牌绑到其中的一棵上面。

坦白地说,本人是抱着"回报者"的心态用真力气种树的。为何?读纸质书报是本人的最大爱好,书报是纸做的,纸是树做的,一年才来一次,无论咋玩命也养育不出那么多棵为本人的这个嗜好"献出生命"的树啊,因此,虽是一年一度的意思意思,植树时也是需认真的。

一场错过了"饮酒歌"的《茶花女》

2016年4月21日　星期四

昨晚到大剧院看了歌剧《茶花女》的首场,却错过了开头部分的"饮酒歌"——去晚了,通常大剧院的戏晚上7:30开演,昨晚开始的时间却是7:00——因此就没能用眼睛参加那么豪华的被"饮酒歌"烘托着的开场"晚宴"。

忘了以往看没看过这部歌剧的,小说《茶花女》倒是30年前大学时代看的,薄薄的一本小书,但读后令人唏嘘不已——被风尘女薇奥莱塔(Violleta)的苦命身世所感动。那时候本人是相信有未来的爱情的——单身的本人嘛;当然,如今的本人依然相信爱情的不朽,但视角却似乎不同了。比如有时我想,love究竟是怎样的一种东西呢?它是人类独有的一种情感?如果不是,那么猫和猫之间有吗?猴子和猴子呢?莫非,爱情仅仅是作为动物之一的我们人类在配偶期和发情生育期必然产生的一种精神上的"助力"?当青少年的生育高峰期一过,那种冲动和情感的"高压放电期"就销声匿迹了吗?倘若那样的话,那么我们在青春期中、在"爱情"二字概括下产生的种种"高尚"的情感悸动，就都是为了种群的繁衍而必须进行的从本能出发的配套行为，因而，就是一种本质上并不由人类的理性掌控的情感过程。用另外一种说法：那个时期人类的伟大爱情都是为动物的如期交配和按时繁衍后代而必须完成的一个固定程序……这么一想，我就有些不太明白了。

眼下正值春花斗艳的阳春三月，各种花都盛开着，人呢，也是有"花期"一说的，男人的"花期"另说，女孩子在二十岁上下就是她们的"阳春三月"，因此，这时候的男孩儿们就成了前去采蜜的蜜蜂。在我教学的班上，男女孩儿都是成双成对的，有的成双成对地在课堂上睡觉，有的缺了一个另外一个上课就提不起精神。这些天，一个名叫卡德丽娅的从俄罗斯喀山来的女孩儿也正值她最鲜艳的"花期"，花枝招展的，正被一个乌兹别克斯坦的男孩儿时紧时松地追着，讲课时，二人在我的眼皮底下时不时热切交谈。他们一个是信东正教的，一个是穆斯林，那么，他们的未来，也会像《茶花女》那样被哪个他们的父母，由于信仰的原因，残酷地中间插一杠子吗？

但愿不会吧。

从陈忠实去世看艺术家的"被掏空"

2016年5月1日 星期日

无论是梅葆玖先生还是陈忠实先生的去世都令人挺不好受的。

名人的身世仿佛是一个被纸盒子包装着的神秘的"礼物",只有在他们不幸离世后,当媒体那么集中地把注意力和版面都奉献给一个人的时候,他们身上那么多的优秀品格才如此全面、毫无保留地展示于世人,才呈现出"大礼"般的带着诱惑的完美。就比如梅葆玖吧,他离世后我们才从对他这个人的四维全面的介绍中,发现那个从前只是偶尔以"梅兰芳的儿子、梅派继承人"的形象展示给人的老人身上有着那么可爱魅人的光彩,比如他喜欢骑摩托、玩汽车呀,比如他和邻里相处的那么好……但已经晚了,可爱的梅老头已经不在人世了。因此,名人之死客观地说,也是名人品德、品行最后一次集中的"开发"和展示的时机,只可惜,这种展示必须是在名人离世后的一周之内,过后就有点晚了，因为过不了多久，另一位名人的去世就又来临了。

《白鹿原》作者陈忠实的离世时间就是和梅先生的前后脚来的，因此，上一阵惋惜还带着热乎气，另一番惋惜就已经开始，也是集中的"打包"报道，又是对陈先生的集中发现：比如我发现作为老陕的陈先生喜欢抽带点洋气的雪茄烟；又比如陈先生曾对老伴说，作为一个专业作家倘若五十岁还拿不出一个过得硬的长篇的话，他就索性去喂鸡；还有，就是和本文题目关联的，他说当他写完《白鹿原》之后，有一种"几乎被掏空"的感觉。

啥叫"被掏空"呢？是生活被掏空的意思。今天的《北京晚报》上也有一段四十岁女演员曾黎关于"掏空"的表态，她说："演员就像个载体，总有被掏空的时候。休息就像是给自己的一次充电。我希望每演完一部戏都能给自己放个假，这不仅是身体要放假，头脑也要放假，只有头脑空了之后，你才能进入下一个角色，你才会有创作的灵感。"

戏剧表演家、演奏家、电影演员的"被掏空"和作家、作曲家的"被掏空"严格地说还不完全一样，因为前者的创作毕竟是在别人一手创作基础之上的二次创作，是有脚本可循的，但作家、作曲家则不同，他们是一手创作者，做的是原创的事儿，因此，演员无论怎样的"被掏空"，使劲演么还是能演得出来的，只是演得一般还是演得更好之别而已，演奏家只要有贝多芬的谱子，再怎样跑调也跑不到柴可夫斯基那里去——毕竟要照着别人的谱子演嘛。但是，进行首创的作家则不，作家写不出来——在生活经验"被彻底掏空"之后，笔头下没有就是绝对没有了，写不来新作可就是真写不出来的：陈忠实在《白鹿原》之后就几乎绝笔，曹雪芹即使能完成《石头记》，能活到八九十岁，恐怕第二部《红楼梦》也只是个心愿。

以上说的是通理，不过，演员也有真被"掏空"而再也演不出来"那个我"的先例的，这通常发生在一部为他（她）量身打造的大戏之后，比如85版《红楼梦》的"贾宝玉"欧阳奋强、主演《激情燃烧的岁月》的孙海英、《西游记》中的六小龄童、《亮剑》里的李幼斌等。他们都是本性出演的，一旦本性中的所有内涵被那部大戏彻底表露无遗、彻底"掏空"甚至"透支"之后，无论之后再演什么角色，都被视为那个大故事中的分镜头，因此，随着那部大戏的深入人心和传播四海，作为演员的那个人的演艺顶峰之后的下山下坡之路，也就悄然地开始了。

语言大学开放日素描

2016年5月8日　星期日

昨天是北语一年一次的校园开放日,也是一场各国各种族的大展示、大联欢、大狂欢。徜徉于美不胜收的来自世界各种文明、文化、人种、艺术的"样品"展中,觉得仿佛像北京动物园中囚禁各种珍奇动物的牢笼一下子被卸下了门锁、撵跑了看管、敞开了牢门,顿时,黑的、白的、红的、黄的、紫的、混合色的……高的、矮的、长的、短的、胖的、瘦的……好看的、特别好看的、不好看的、特别丑的物种都一下子集中到了院子中央的广场上,唱呀、跳呀、蹦呀、发情呀、送媚眼呀、爱恋呀、嫉妒呀、愤恨呀……好奇、惊奇、喜爱呀,崇拜得五体投地呀……如此的种种平日没有也不能有、不敢有的情绪、情感、情节、情操,都莫名其妙地在异类人种相貌的新奇中,在对不同种类人长相、打扮的惊诧里迸发、勃发、激发、萌发了:先萌芽再压抑、再透露抖露,然后,就在愕然、欣然、茫然不知所措和不知不觉中露馅绽放了。

十六年后再观郑京和拉琴

2016年5月9日　星期一

如果《我在好莱坞演过一次电影》（本人著作）中记录的那个"五月十日"是2000年的话，那么，和昨晚在大剧院看到的小提琴家郑京和的上次谋面，就是十六年前。我在那个集子里写郑京和用的标题是"抱着提琴跳舞的弱女子"，而昨晚的那个她，尽管偶尔的也跳舞，但主要是拉琴。已经68岁的她，似乎即便有想抱琴起舞的冲动，也有些力不从心，但只要是她想跳，就还是那么的优美，她不时将身体压弯下去，有点像只白色（她身着白袍）优雅的"大弓"，十分的富于张力，在最后一节，她索性赤起脚来，好比一个"赤脚大仙"，不过，那"大仙"是个奇女子，一个高举小提琴、像纽约自由女神雕像那般洁白自信且目空一切、傲视万物的音乐女神。

时隔十六年再观郑京和信心满满地在舞台上拉琴，让我感受、感悟到音乐之外的许多东西：是我们辅助她实现将巴赫的全套六部小提琴无伴奏奏鸣曲一晚演完的梦想和壮举，此时的观众已经不是纯粹的观众，都变成了大师的"助演"和"协从"。直到将全部的六部曲子马拉松似的听完，直到听尽那宝贵的琴弦下发出的最后一缕带着"无情岁月血丝"的呜咽；然后就是大师耳朵上幽默地插了一只观众送的花枝，用手划了一个大的"心"的惜别；然后，就是或许不再能听下一次的感觉和唏嘘——即便再过去一个十六年。

下一个十六年过去之后，听郑京和肯定会变成一个"不可能实现的梦想"，但好在巴赫和他的曲子还在，仍能坚持着再在这个星球上流行上十个、百个一十六年，尽管，那个来自三百年前的"巴洛克之音"，那种虽然没有太多过耳难忘旋律的、细碎的声音的奏鸣，不经意的已经哼哼唧唧了这许多年。

无主题、无主旋律但时不时流露出冷峻奇思妙想和高昂激情的巴赫的奏鸣曲，好比是冬日午后窗外白雪松树和室内温暖壁炉之间无趣味无知觉无目的不紧不慢不着急不上感的悠长对话，你在无意间听着，那旋律也在不经意中奏着，那么地漫长，一阵子之后，雪也化了，壁炉中的炭火也在春虫开始蠕动的时节熄灭。巴洛克和巴赫的时代日子是古意的、是没有主题的，日子就是日子，就是细碎的，由此催生出的音符虽是那么无味无趣单调，却是柔柔和和的，你能感觉到那些音符是华美的存在；它们并不是可有可无的，它们是无主题岁月里的美色和"奢华的装修"，当然，那是"宜家"（IKEA）风格的不显山露水用声音做材料的"装修装饰"。

没有主题的时代和慢岁月是古老而令人怀想的，现今的人类之所以活得六神无主、慌慌乱乱，是因为我们构想的所谓的目标、梦、主题、主旨太多太多，人类变成了自己编纂的故事中如同草芥和蚂蚁的主体个体或可有或可无的小存在，似乎存在着的"主角儿"只是那些需要数以万计、亿记的人群跨百年、千年才能最终落实的"大故事"，而且，"大故事"还必须由大旋律大标题大风格的音乐来助阵、烘托和伴奏。在如此"严峻而迫切的大局面"下，能像昨晚那样时隔十六年后，和一个舞台、一个人、一把提琴、一个人谱的曲子、一盏舞台灯、一条腿前弓一条腿后蹬——这样的郑京和式的"白娘子音乐女神"相遇，无疑是无上的、不再可期的幸运了。

爱上《水仙女》并不需要太多的理由

2016年5月20日　星期五

今天是5月20日，是台湾蔡英文取代马英九的日子。

无论天下的未来如何，艺术还是艺术，歌剧还是歌剧，温情还是温情。昨晚在大剧院一层和高中老同学巧遇，并同层观看德沃夏克歌剧《水仙女》的那段美妙神奇甚至是惊奇的时光，是如水仙花一样的永恒而妙曼、混沌而光艳的，不仅是隔了水、陆，也隔了人类和鱼虾，更主要的是，隔了就快要四十年的青春时代的课堂复习的背影——那时候，大家多么的年轻。

当文艺片就要消亡的时候——《百鸟朝凤》观后

2016年5月22日　星期日

近来观看和阅读的都是很传统的作品，比如上午刚看过的电影《百鸟朝凤》——吴天明导演的，比如周五在大剧院看的吴祖光的话剧《风雪夜归人》，比如海莲·汉芙的通信集《查令十字街84号》——这几种都是"遗作"，另外的，就是健在的传统作家贾平凹的新作《极花》。

难以理解，像《百鸟朝凤》这般好、这般感人的，而且再正常不过的影片，为了提高票房收入，制片人还要特意给全国人民下跪，这让我想起一个比方：有一个人摆地摊，同时卖一块黄金和一块破石头——按同样的价钱，见路人对比之后非要买那块破石头，卖的人实在没法子，跪求路人，叫他们赏脸买那块黄金，这问题就不在那个推销人身上了吧。

我不认为《百鸟朝凤》这样的电影是什么没人稀罕的文艺片，因为印象中正常的电影原本都应该是这样的，那些得奥斯卡奖的片子大多也是这样的（难怪这些年中国的电影与奥斯卡、戛纳大奖渐行渐远了），倘若这类再正常不过的片子在中国都如此没有所谓的"市场"的话，那么我敢肯定：一定是中国和中国人出了毛病——接受不了正常的东西的人，一定不是正常的人嘛。

如果连古典、现代的东西都还没弄明白，艺术的受众者就直接沉溺于后现代了，那么，后现代就成了无本之源，就成了直接的现象和表象本身，就成了地沟中漂浮的油，虽油光鲜亮却"下三路"，不干净。诚然，艺术品的受用者绝对有直接接触后现代光怪陆离货色的自由，那样也许会极端的过瘾和刺激，但仅知道玩味毕加索却从不屑对达·芬奇一顾的艺术欣赏者无疑是浅薄和悲哀的，而且，倘若毕加索在形成自己怪异风格前从来就没有达·芬奇般的"正统样板"做铺垫的话，他笔下的那些离奇曲线的艺术价值，就并不比幼稚园的孩童涂鸦高出多少。

老街坊杨绛真的去世了

2016年5月27日　星期五

最喜欢的文人杨绛真的去世了（25日）。她已105岁高龄。世上的绝大部分人，都难以知晓活过100岁 one century（一个世纪）之后的感觉是怎样的一回事，但她做到了。活过百岁之人，我觉得，仿佛就是已飞离了地球轨道的一颗小行星，那颗星，一定是寂寥和孤独的，这，96岁的杨绛在《走在人生边上》就表述过；那之后，她飞出了大气层（跨越100岁），然后又独自地在浩渺的宇宙中滑行了5个单元，再没有同龄的人，再没有和人类能够分享的相同的记忆，那种感觉，换了我等也一定是挺诡异的，或许都有些和"怪诞"的感觉接近了吧……因此，对她的离世，你我无从找到未亡人们应该有的通感，是该悲伤呢，还是该悲喜呢？正因如此，通晓人性、善解人意的杨绛也事先选择好了与众不同的、决绝式的告别法子——等火化之后再发讣告。这样，我们这些追随者、崇敬者，就无缘目睹一个105岁世间罕见的老寿星的仪容。"就是不给你们看,嘿嘿……"我几乎都能听到杨季康从外星发回的得意的笑声。

他们仨——钱锺书、杨绛、钱瑗从某种意义上说,都是"文艺隐者",是侠客,是铁面的、道家的"带刀卫士"——每人腰挎着一把能将人世万宠收敛齐了的用才华风华铸成的大刀,全家人分别赤裸裸地怀着接天连地的"大才""鬼才"而来。百年来他们历经了三个"朝代"(清末、民国、新中国),享尽了"文艺"二字能够榨出挤出的所有圣水和圣灵,然后,不留一丝念想,甚至不留一个生物传承的子嗣(无后人)地、光溜溜地、一人接着另外一人地,骑仙鹤直奔天堂天外"飞天"去了,这不,两天前的那个凌晨,百岁老人杨季康——他们仨的最后一位,就无声地溜走了。看啊,她的走姿多像一颗侠气的小行星!

他们仨的家就在三里河的南沙沟,距离生我养我的三里河二区就区区的五百米,因此,我们算是四十年的"老街坊"了。1977年至今,本人几乎每周一次从那个有保安站岗的部长楼大院前走过,我知道他们仨就住在那里面。今天中午又从"南沙沟小区"那几个鎏金的大字前走过,我往里面眺望着,真想知道他们家现在已经人去楼空的、无防护栏的窗子,究竟是哪一扇。

《百鸟朝凤》的唢呐来自波斯

2016年6月4日　星期六

北大一学期的波斯语课终于结课了,在告别的时候,伊朗老师沙西里对学生们(包括我的)说了一句:"……"我没听懂,就问沙老师是不是说"再会",沙老师说:"是的。原意是'真主保佑你',但在这种场合,也就成了告别时候的寒暄语。"

是李树春师弟把我"勾引"到北大晚间的波斯语课堂上的,但没上几节课他就准备博士论文终稿去了,剩下了我一个成年人同一群比女儿还小的小同学们跟着沙老师,每周两次进行学习和演练。那些小同学们的学习进展神速且非常轻松,天书般的阿拉伯字母老师带读一遍就能朗朗上口、就能侃侃而谈,我于是蒙了,我自诩为"语言天才",对语言文字过耳不忘,但在这些北大小学子们面前显得从形象到学习速度都是"大叔大伯"级别,于是我郁闷了。有一天,谜底终于揭晓——原来这个班的孩子们有一大半是外语学院阿拉伯语专业的三年级学生,难怪!波斯语和阿拉伯语虽然不是一个语系（波斯语属于印欧语系，和法语、西班牙语同源），但使用的文字都是黑色小蝌蚪样的阿拉伯字母，都从右往左读写，因此，大三的阿语学生们读伊朗文的感觉应该和中国人读日文中的汉字的感觉相差无几。知道了这个之后，本人也就不妄自菲薄了，我就如同长征中的邓小平，只认定三个字——跟着走！这一跟，还真跟了下来，我跟了三月有余，直到把期末的终点线冲过。说"跟"绝不是谦虚，直到最后一堂课，本人的水平也只是老师念课文时我能在书中找到他念到哪一行——大致的。有时他都读完了，我还死活找不到他念的究竟是哪一行。"嗨，原来不是在这页上！"好不容易知道是哪页时他的读书声已经戛然终止。但看官莫要取笑，须知班里的多数人都已经修行了三个365天的阿拉伯语，而且，他们大段读的不是别的，是和电视上你们看到的巴格达街头路标上一模一样的字符。

　　写《棋王》的作家钟阿城都出七卷本文集了。他在美国多年，却不学习英语，据说是为了保持汉语的纯真。本人不以为然，本人反其道而行之：世界上人种纷繁，世界上语言多多，人来一次这世界，岂能甘心只在本民族的文字中兜圈圈？枉为聪明的人类也！明知道死后会变为路边一块石头——你甘心也罢，你不甘心也罢，人只要是活一遭，就该放开胸怀无保留地、心无芥蒂地拥抱这个大千世界和它之中的万物人种。汉文也好，韩文也罢；是蝌蚪的，不是蝌蚪的；是棒子的，是水草样的——文字，你来者不拒；是黑的白的红的黄的人，你照单全收。即便如此，你终其一生，也仅是蜻蜓点水式的草草接触，顶多是走马观花般的匆匆看看！

要不是这三个月和波斯语、波斯文化的近距离接触，我哪知其实伊朗人并不是阿拉伯人的亲戚，他们竟然是德国人的远亲（沙老师说的），同为雅利安人种。要不是这三个来月的吭吭哧哧和踉踉跄跄，我怎知道《百鸟朝凤》中的唢呐是从古代波斯传入华夏的，那么，吴天明和他在天上的灵魂，究竟是在固执地传承着一种中华神乐器，还是在呵护着一个泛亚古老文明的理念？

还有就是那些来课堂观摩的伊朗使馆的代表、北大伊朗留学生们、本人这两年在北语教过的几个伊朗学生、沙老师一家人，从他们身上，根本不见美国人所说的"邪恶"，更别说什么"轴心"？每个人都是一脸的平静祥和、优雅友善，无一例外的"人之初"，而这，才是这三个月来最有价值、最珍贵的课外发现。

吴建民大使——爱心拳拳的人类和平的护佑者

2016年6月18日　星期六

惊悉吴建民大使因车祸去世。这个世界，有的人多活几年于己、于别人以及于这个世界皆无关紧要，但吴建民却不是，七十七岁的他这么草率地离开真可惜了——尤其是在这个民粹主义大行其道的今日世界。他的离开对中国以及今天这个变化莫测的世界来说，仿佛是从此缺少了"一味药"——一味由一位老人、一个智者用不凡经历和不懈思考秘制的"镇静剂"，同时，也缺失了一位爱心拳拳的人类和平的护佑者。

本人十年前在北语的逸夫报告厅曾亲耳聆听过吴大使的报告，并写下了当日的感想，现将之抄录下来，也算是一种私下的悼念方式吧！愿吴大使天国太平！

附：听吴建民大使讲国际形势报告的深刻印象

总的印象是：外交官就是外交官，名人就是名人，儒家就是

儒家，优雅人就是优雅，不凡人就是不凡；还有，懂外语就是不同于不懂外语，懂两种外语就是不同于只懂一种外语，做过伟人翻译的人就是不同于没做过伟人翻译的人……

吴建民现在是北京外交学院的院长，他从前曾经是中国驻法兰西特命全权大使，他曾见过的伟人有毛泽东、周恩来、邓小平、陈毅；他曾经见过的次一级别的人物有金日成，还有希拉克等等。在他四十年的外交生涯中，他所见的，可能、只有和只是不同于你和我这样的凡人的伟人和大人物，因此，吴大使拥有一身的正气和典雅。他那种正气和典雅可不是你我这样的人可学和可模仿的，因为那起码要与毛泽东、周恩来、邓小平、陈毅等巨人们一一近距离亲密地接触一下才可能被传承和熏染上的，现如今巨人们都早已乘黄鹤去了啊！于是乎在你我面前，现在的吴院长也就是这个时代的伟君子和大人物了。

我十分羡慕和嫉妒吴大使的，是他参加过而我再有齐天大的本事也没法参加的诸多会面，现可以为好奇的大家历数一下：

他参加过邓小平最后一次会见外宾——会见金正日的父亲金日成。听吴大使说他在场时的情形时，我这个"民间田野语言学者"特别想问的问题是：金日成的中文程度到底有多高？会比我现在教着的来自平壤的老张的高吗?他同邓小平会面时,会时不时说中文吗?但是,直到大使的演讲结束我也没有机会提问,因为即使我的手举起来了,但在如林的手中,他远在台子上也是看不见的。

吴大使亲临过的令我更嫉妒的一次外交活动,是我出生前一年陈毅元帅主持召开的那次中外记者会。会上,陈毅对一个好像是西方的记者真的急了,说:"老子等打仗,等得头发都白了!让他们苏联人从北边来,让他们美蒋从海上来吧!"吴大使说,他在一旁听着心潮都澎湃了!本人也许——老天爷知道——就是听了这种男子汉的宣言,才抑制不了澎湃的心潮,才在第二年下决心投胎到中华人民共和国的!

吴大使由于精通法、英两种外语,所以在他儒雅的中国江南绅士风度之外还有些法国上流社会人士的风范,他还被法国总统希拉克授予过一个"大将军"的奖章,中国绅士佩戴着法国大将军的袖章,他不风流和倜傥,又还有谁呢?

倒是吴大使演讲结束后,一个中国研究生的提问大扫了讲堂里人们的兴致,他竟然问吴大使:今天中国人在非洲的投资和掠夺,等同不等同于当年英国人在中国推销鸦片?吴大使一听就急了，本人一听也急了，几百个其他的师生们听后，有的急了，也有的没急。吴大使说："年轻人啊年轻人，你的话咋跟美国的鹰派人物们说的一样啊？！"我也在心里大骂：堂堂的中国学府培养出来的学生，为何给中国外交官提问题比"美国知音"还更像"美国知音"？看来，我的邓小平理论课绝对不应放弃，我要天天讲月月讲年年讲每学期都讲！看来，这些个学生该到鸦片战争时候的大清朝去实习，去当一回被人家大炮轰得十分惨烈的中国的士兵。

一国，不能没有精神的保守者和顽固者——无论这个国家是何等的对外开放。我们不会喜好和一个见面就大骂"美国是个邪恶的国家"的美国人交往，即使可能美国真的就是；同理，一个压根就不懂得何为中国的国家利益和民族根本利益的中国学生，在我的眼里，最好就别再接着学了。

在当天晚上我的"英语商务通论课"上，我对学生提起了当日下午吴大使的演讲，我说：第一，本老师今晚拒绝用英语授课，因为下午那个学生向吴大使问问题时，就一半夹杂了美式的英语；第二，下学期本人停授半学期的商务理论，而全身心地大讲特讲邓小平理论——俺要先讲好政治，再回头讲经济，否则，你们会用俺传授给你们的赚钱的学问把俺们好好的国家给活活打一折卖掉!

2006年12月2日

无巧不成书——那些在我的书桌上生死重逢的作者们(之一):安·帕奇特和她的老师

2016年6月30日 星期四

上月在国贸的"叶一堂"买了一本美国女作家安·帕奇特(Ann Patchett)写的、河南大学出版社2015年出版的书《剧院里最好的座位》(*This is the Story of a Happy Marriage*)——中英文的书名不符,译者选用了书中一个小标题作为中文书名。这只是故事的开头。

故事的后半段是约一星期之后,本人在王府井的外文书店购得了另外一本美国女作家格蕾丝·佩蕾(Grace Paley)的英文小说集(这是受榜样杨绛先生的启发,想留下一两本属于本人的译作,去寻找可译之书)。这还不是故事的结局。

结局是过了半个星期,我在无意中翻阅那本《剧院里最好的座位》时,发现"鬼上门"了:安·帕奇特竟然在书里说她曾是佩蕾的学生,不仅听过佩蕾一年的课,还到过佩蕾的办公室,随同她一起去参加示威游行,最后,还见过得癌症即将离世的佩蕾……问题是,在偶然购得这两本书之前,她俩的名字本人谁都没听说过呀!这是一种"见鬼"式的事件吗?面对着一个还健在(安只比我小一岁)、一个已经过世近十年(2007年去世)的两个美国妇人写的两本我在非计划的情景下,于相隔大约五公里的两家书店分头采买的书——对了,而且还是两种不同的语言的(中、英文)——在地球另一端,本人不足一平方米的半旧的书桌上,师生从阴阳两界不约而同再次重逢的局面,我不禁有些愕然。

无巧不成书——那些在我的书桌上生死重逢的作者们(之二):毛姆和宋以朗的爷爷

2016年6月30日　星期四

中午在百盛六层的那家书店购得了四本书,其中的两本下午读着读着就发现了其中隐藏的可乐之处。一本是英国人毛姆写的《在中国的屏风上》(*On a Chinese Screen*),另一本是宋以朗写的《宋家客厅——从钱锺书到张爱玲》(花城出版社2015年版)。

毛姆很有名气,不用多表。宋以朗的父亲宋淇是钱锺书和张爱玲的好友——民国文人之间真正成为挚友的事例在中国本来就是奇事,何况是同时和钱锺书、张爱玲这两位不大好搞定的天才文人成为好友。之后,宋以朗还继承了父辈的未竟事业——成了张爱玲遗作的整理者和出版者。以上这些大家都似乎知道了,并不是本段文字的"包袱",而那个"包袱"是:本人在读《宋家客厅》时发现,宋以朗的爷爷宋春舫竟然和写《在中国的屏风上》的毛姆谋过一次面,而且,那次二人相会的情景还被写在了《在中国的屏风上》一书的第四十八小节之中,小标题是"戏剧学者"——这有趣也！我赶紧打开来细读，果不其然，尽管没指名道姓，毛姆写的好像就是宋春舫，连书中的注释都那么猜测，不过，毛姆用的可全都是揶揄挖苦的口吻，比如说他名片上有一个"粗粗的黑框"——有点像遗像那样的框框；再比如，说宋春舫堂堂一个男人却"有一双纤细的手"以及"一个比普通中国人要大的鼻子"（我赶紧翻看《宋家客厅》中宋春舫的照片核实），外加"他说话的声音又高又尖，好像从来没有变过声"……如此这般；当然，在关于英国戏剧的讨论上，毛姆更是居高临下，将宋春舫写成了个既懂点又不太懂的半吊子学者，尤其令毛姆难以忍受的是宋春舫竟然听不出他说话时的幽默成分——对他抖的"包袱"，对方全然没有感觉。

看完毛姆一百年前写的那段和宋以朗爷爷的"聊天记录"，我又回过头来看看他孙子是咋评述的。《宋家客厅》中宋以朗当然为自己的爷爷打圆场啦，首先，祖父能和大作家毛姆切磋过英国戏剧的话题于后代来说就是一个值得夸耀的事，这就好比谁说他曾对莎士比亚当面爆过粗口一般，因此，宋以朗毫不客气地"认领"道：《在中国的屏风上》第四十八段落写的就是俺爷爷！其次呢，毛姆把祖父写成了那副熊样之后还让那场景随着书满世界的"走光",的确也挺难为情的,于是,宋先生就对名片上因何有个黑框、祖父对英国戏剧的实际理解程度等做了逐一辩解,之后,还引用了一段父亲宋淇对此的解释,大意是说毛姆那本书的整体风格就是讽刺挖苦,不只是挖苦中国人,对英国人也是写一个损一个,对宋春舫的揶揄还算是最轻的哩,云云。你看,作为后代的子和孙都想方设法为宋老先生辩解,同时呢,也都以先人能和毛姆有过一次世纪前的对话而感到自豪。

在本人看来,首先,当年作为所向披靡大英帝国公民的毛姆显然是感觉极其良好且目中无人的,谁让1920年的中国是个破烂摊子呢;其次,同英国人聊英国的文学本身中国人就处于下风,露点怯也没什么丢人的,至于对英国人的幽默嘛,搞不懂、没反应纯属正常,因为曾经在职场上和英裔的上司、同事们打过近十年交道的本人可从来没从他们身上领略过半点"一流幽默"的情调——这点百年前是那样,百年后的今天呢,毛姆的孙儿辈的英国人总算是通过2016年6月23日的"脱欧公投"(先想'脱'但立马反悔)向世界证明了:俺们是懂得咋humour和咋样开洲际大玩笑的呀!宇宙间国运风水轮流转,这下,百年前被毛姆小瞧和挤兑得一塌糊涂的"戏剧学者"宋老先生,就该感到复仇和开心了吧。

终于把"莲花池"三字"变现"成一个荷花湖

2016年7月14日　星期四

今天完成了一个半世纪的夙愿——去了趟西客站后面的莲花池公园,从此,"莲花池"于我就不只是三个汉字,而是一个真正的湖——开满莲花的湖了。

对于一个生于斯的城市来说,从小听说过却从没去过的地名很多,本来也没什么,但年过半百后,就有着一种再不去就对不住那个地方的感觉,于是,近些年本人将它们逐一造访、各个"变现":我从通州开始,到良乡,再到马连道茶文化街,接下来就是今日的莲花池。这仨字从小就耳熟,也知道就在离家不远的西客站后面,可不知为什么,竟然活到第五十四年还是没去过,于是我既感到羞愧,又有少许的对自己懒惰、冷漠的愤怒,这种愤怒终于爆发了,于是今日,我发狠打车去了那个布满了半个池子荷花的水汪汪的莲花池,由此弥补了远在天边近在眼前的一个不大不小的缺憾。这个湖比想象的要大、要靓丽——都是被盛开的莲花点缀的。莲花池莲花池，只有到了莲花盛开的旺季，这个池子的名字才会被加倍的诠释。但同时，它又是一个似乎年久没有被仔细修理过的池子，除了湖边，外围有些不成器和颓败。

这里的莲花肯定是好的、出众的，有粉、有白、有黄，有大有小，有精致有大气，尤其是荷花最中间的那个黄色的花心，是叫"莲蓬"的吧，反正假模假式的——我是说完美得几乎和假花、人造花相仿，于是，我明白自己为何既那么喜爱荷花又那么不屑不稀罕荷花了——因为荷花的大部分都是完美无缺的，你几乎一看就不由得往人造花那边想，而且，荷花的花期太长，紫竹院我印象里只要不是冬天，荷花就一池子一池子的，炫目得令人审美疲劳以致厌倦，这可能和在出美女的国度（比如俄罗斯）看美女似的，满大街都是佳丽，你恨不得就想从里面挑出来一两个长得奇丑的，将她们视作稀罕物和尤物。

从莲花池远眺周边的建筑，我看到了另外一个"南城"，这里仿佛是个从未到过的城市。那些远方的建筑很多是被专家批判过的建筑败笔——都有一个中式的大屋顶，最具代表性的就是西客站大楼。我头一次从它的南面看到了西客站的"背影"，才知道西客站这个饱受诟病、打从落成那天开始就是个常维修常出问题的病秧子、人称"豆腐渣工程"的建筑，从另一个方向看，竟然这么的中看、这么的气派，是因为一大湖水拉开了观望的距离，从而使它的庞大能够被一览无余了吗？或许是的。于是我想，同样的东西你在不同的背景和境地下，它们显现出来的样态往往不一样，有时候，甚至是迥异的呢。

北京作协采风参观保定西汉中山靖王刘胜墓、观长信灯随感

2017年7月4日　星期二

即便你是金色的,在死黑的墓穴中,你也阒然无光,更何况,你企图点亮的,是一个老朽的君主的尸首。

我不相信一个有多达一百个子女的他——中山靖王,是个好父亲;我也不认可,只要是姓"刘"就应该主宰万民。

可惜啦,长信灯——一件那么精美的艺术珍宝,差点因这个半山悬墓——假若没被刨开——而永无缘于后世的惊叹之眼,而永不能展示自己的风姿与芳彩。

可叹啊,当君王和王后的遗骸都早已化为尘埃,你竟还那般光鲜夺目、亭亭玉立、忠于职守,还那般气定神闲。你说,永垂不朽的该是谁?

是君主?

不,绝对是你!

叹钱穆《师友杂忆 八十忆双亲》选用的文言体

2017年7月18日 星期二

钱穆的《师友杂忆 八十忆双亲》(三联书店2012年版)无疑是昨日在国贸"叶一堂"书店获得的一个意外惊喜——从前读过的钱穆作品大部分是白话文,唯有这部是文言的。说"真文言"也不算,有些半文半白——倘若将其与钱锺书的《管锥编》的文言比对的话,但文言还是文言的,否则,怎能用"余"(雅)称"俺"(俗)呢?

最有趣的是宾四老先生在八十多岁上写这两篇回忆文稿时使用文言的缘由,他在《师友杂忆》的《序》中说:"若以白话文写出,则更恐浪费纸张,浪费读者之光阴。故下笔力求其简,庶亦可告罪于万一耳。知我罪我,是在读者。"也就是说,钱穆之所以在八十七岁才完成的、历时五年写成的这两部人生回忆录中使用文言写作,是为了节省空间,是为了不因白话而浪费纸张,是为了求简洁而避烦琐。因此说,宾四先生选用文言是由于文言擅长精炼压缩书写以及他为读者着想的一片好心。

和他相仿，另一位出自钱家的大师钱锺书用文言写《管锥编》也是有理由的，他自己说是因为"技痒"、是见别人的文言不服、是为了炫技、是想展现下自己文言的独特风采，另外还有一个理由——也是为了"加密"。莫忘钱锺书写《管锥编》的时间和地点，是刚从干校回京之后，是"文革"尚未终结之时，他是偷着写的，从事的是"地下工作"，古文是他和古文化之间通信的一种"超级加密密码"，是"自卫武器"，同时，还要谈古论今、中西合璧，所用"记录（作案）载体"呢，那么自然，绝不能又臭又长，不能"秀才买驴，书卷三尺不见一个'驴'字"，要开门见"驴"，要言简意赅，要一步到位、刀刀见红，同时还要晦涩隐蔽，那么用啥文体？似乎只能用文言文体了。你别无选择！我们难以想象如果不是文言的，一部用白话文写成的《管锥编》是个啥子稀拉屎样！

因此说默存先生选用文言，一是因他自信能写好；二是在特殊时期的某种"不可告人的别有用心"，以及"用心良苦"。

再说回钱穆，我等同样难以揣测，一位八十有七的老人在回忆他那么漫长而修远的人生旅途时，要想将沿途所见之景色、之人物、之事件、之情感、之情怀……都一一细数一遍的话，假如用白话文，怎么压缩进一部二十一万余字的、从字数上看算是个"微缩景观"的回忆录中呢？倘若用白话，那完了，还不洋洋洒洒，还不啰啰唆唆、絮絮叨叨，还不几百万字承装不下，还不读起来让人昏睡打鼾吗？而文言的《八十杂忆》可绝不是那样，它是那般的古雅明澈，文字那般小巧有趣，它有情有景、有人有物、有气度有场面，要之，它是篇上好文章也！

这就是文言的魅力和功效，这就是文言体的不可替代和不可多得，而这也就是两位"世纪文人"——"二钱"——钱穆和钱锺书在"烈士暮年"、在20世纪末留下的用行将被人为废除的古文体——文言文书就的两部记忆的石碑、语言的化石，二人所做的是永不再可的"文字抢救工作"，是不再有后继者的终结书写！

我为什么偏要试译艾尔玛·邦贝克的小说

2018年8月20日　星期一

今天，在这部新集子快要"杀青"的时刻，才敢内心忐忑地查看去年年初动手翻译的"我师傅"艾尔玛·邦贝克的那篇小文，当时是野心勃勃的，想把全书都翻译过来，但一来版权是个问题；二来不翻译不知道，翻译的确是个苦差事，尤其是你自己尚可以洋洋洒洒地写点什么的时候。

之所以自称是艾尔玛的"学生"，缘起于20世纪的1995年。那年我仍在冬天极冷的加拿大蒙特利尔，开始写书也有一年，也成就了半部小说《自由之家逸事》。有一天在商场的书架上，我翻看了这部出自中年女作家之手且封面十分有趣的随笔——《动物行为举止》，顿时被她的语言风格和"家妇式幽默"所强烈吸引住了——原来随笔还可以这样写呀！我那时内心发出的感叹，和我初读钱锺书的《围城》是类似的，得到了《围城》的语感和笔调，我写了五六部传统文类上的小说，那么，我之后的近二十本随笔式小说呢，它们的来路，其实就是这部《动物行为举止》。

我师傅一生中写了十四部随笔小说——都有一个贯穿始终的主旨的那种集子——当时，我为一个家庭主妇能写十几本著作的数额大为吃惊，而今天呢，算上这个集子，我写的各类书都凑到第二十五部了，因而可以说，我是对得起艾尔玛的在天之灵的。她，仅活到了六十九岁，走在1996年，也就是这部书出版的第二年，那么博爱开朗的她，就因先天遗传性肝病撒手人寰了。之后，我企图在英美文学的范围内再找到另外一位和她文风相仿的作家，接近的有许多，但都不完全像。美国作家由于英语语言相对简练（与法、德等其他西方语言相比）和辽阔地理的关系，大多心胸开朗，会调侃几句，也能幽默几下，近日读的理查德·布劳提根《在美国钓鳟鱼》就是一例，但和艾尔玛相比，他们都缺少点"主妇式的博爱和洒脱"，这是啥？我也难说清楚，能用"非功利"这么俗气的字眼形容吗？都家庭主妇了，还要什么功利呢？

我是去年初费九牛二虎之力，才从我家如山的书堆中将艾尔玛这本书找出来的，只翻译了一个小节，没有把握，人也懒，就放在一边了。时隔一年多,我再想找那本我的"开蒙书"时,它又和我玩躲猫猫、又不知隐藏到哪个角落里了——这其实就是邦贝克老师的顽皮风格。好在仔细看了一遍"皮试译文",译得还挺到位,也基本是她原著的感觉。现将译文粘连在这篇小文的下面:它既是我翻译的"童子秀",也算是从未有过人生交集的弟子对师傅的一种真诚的怀念吧。

附:我从利奥曼试衣间了解的全部动物行为举止(节译)

All I know About Animal Behavior I Learned in Loehmann's Dressing Room, Erma Bombeck 1995 艾尔玛·邦贝克

翻译:齐一民

(2017年2月10日星期五)

第15节

12月1日到12月23日,一只名叫"卷毛"(Curly)的切萨皮克拉布拉多(Chesapeake Labrador)犬从蒙大拿州的比林斯来到

北达科他州的亚历山大,它旅行了650英里。走到亚历山大之后,"卷毛"足足睡了72小时。然后,它决定离开并重返比林斯。

七八十年代风靡全国的慢走和长跑运动从没能把我卷进去——或许因为我是个就连到邮箱取封信都非要打车去的那种懒人。

你觉得有必要跑上26英里,以385码的速度冲过那个终点线,然后一头栽倒到一张折叠床上猝死吗?还有,要是只为把双脚折磨得血肉模糊的,还不如穿上一双4号半的超小号高跟鞋哩!

我老公是个电视控,为了找台方便,他还特意安了个电视调谐器,因而,就连他也想跑马拉松,这令我目瞪口呆!

更让我诧异的是他竟然跑成了!跑26英里他只用了3小时33分钟,但每当我呼唤他"吃饭喽!"的时候,短短的18英尺的距离,他居然耗时35分钟才能来到饭桌前,就这,谁能想象?!

真不懂得男人为什么那么会磨蹭:只要我奶奶一叫吃饭,我爷爷就像本能似的立即奔赴厕所——在那里,他不仅仅使用那些设施,方便后,还总将里面的药柜细致打理一遍,这功夫,饭桌上土豆上冒着的热气早就没了,当然,还有我奶奶嘴角上的笑意。

在过去的二十年中,人们以"娱乐消遣"的名义做了诸多的傻事。那些新的"消遣运动"大都十分的危险和荒唐,不是像网球或乒乓球那样只是得分或者打出个输赢就行了,以至于他们的兄弟姐妹们在他们"踏上征程"之前会不由自主地问上一句:"能把你那些得奖的影集送给我吗?万一你这次回不来了呢。"

蹦极就是那些荒唐的运动项目之一。蹦极绳的一端被固定在一座桥或一个塔上,人们只是把绳圈绑在腰间,然后纵身而下。假如这次不把脑浆溅出来的话,就接着跳第二次。为了寻这种刺激,他们往往要付80美元之多。

还记得第一次看人攀岩时候的情形。他体重似乎只有38磅,那么纤小的人,你怎么都想象不到他能在巨大如墙的山岩上攀登。

我有过许多惊险的经历:比如把保龄球错扔到人家的球道上,比如把网球打到人家俱乐部的餐桌上,还比如一个人坐在滑雪缆车上围着雪道兜圈子——因为我不知道怎么从缆车上滑下来……但唯独就是没尝试过攀岩!真想象不出攀岩的时候原以为手上拽着的是个小螺栓可突然那家伙变成了个蛇的脑袋——那有多么惊险,还有,万一爬到一半你的鞋带松了,那可咋办?

最不可思议的是作为一种体育项目,人们在批评攀岩时从不说它有多么的危险,对其非议最多的居然是环保主义者,他们说攀岩时产生的过度激情会给地球带来伤害!

不知在场的多少人周日要去将手指盖插到坚固的石头中去,十人?二十人?三十人?他们能爬到顶吗?

我既不跑步也不攀岩。但我也不例外地被卷入了另外一种90年代初流行起来的健身运动:爬楼梯。

我对我老公说我加入了一种健身Spa,以后每周三天我要去健身房,先做器械,然后呢,去爬楼梯。

老公听后狐疑地问:"还记得咱们在Bellbrook住过的两层楼高的房子吗?那时你老是把洗好的衣服堆放在楼梯角哪里,不过,一年你只肯上去取一趟。"

"我才不记得。"我说。

"你还说上帝暗示只要你爬到二层楼上去,它就会奖励你'频繁飞行者里程积分'。"

"我从没那么说过。"

"那些要洗的衣物中还有尿布,咱最后一个孩子都高中毕业了,尿布还依然如故。"

"你有完没完?"

"没有。还记得那次去爱尔兰吗?你本来打算去亲一下那块叫'Blarney'的石头的,但一见那些高不可攀的台阶,你就望而却步了。"

"当我和你这么一个人结婚四十多年后,我还需要再去亲一块别的石头吗?"我反唇相讥。

我才不理会他怎么想。我买了一套非常滑稽的爬楼装束,随后,我到健身房锻炼了三周,直到走路时身后噼啪作响后,我就开始爬了。

孩童们总喜欢做些毫无意义的事情,让他们的母亲们加速变老。

是滑板运动提早地把我送入了更年期!我儿子时常穿着那套把脚牢固地绑在一块木板上的溜冰板从购物中心飞驰而过,从而引发人们的恐慌,这还远远不够,他发现了一个茶杯形状的场地,这样滑滑板的时候身子就能旋转到水平的程度,之后滑到最顶部,直到向停车场飞出去的那个时刻!

当下雪天来到时,他的溜冰板就会变为滑雪板。

滑旱冰毋庸置疑绝对是保险公司最大的梦魇,因为有数千个孩子企图在快得失速的旱冰鞋上保持着平衡。

无人知晓为什么"卷毛"要往返1300英里去到一个它谁都不认识的地方去旅行,而且它绝不是为了兜售什么东西。我猜那和两个人窜上一个没有闸的雪橇滑车的初衷相差无几:他们背部躺在雪橇上,上身略微伸出雪橇,看不见前方,凭感觉以每小时90英里的速度驾驶着雪橇飞行。

　　只因为那是一种运动而已。

第二部分 秀故事

糖尿病人

本文献给全体"糖友"

——题记

一　2017年4月16日

曾经浏览过小说《英国病人》的老乔不知怎么的了，也隐约有了写篇《糖尿病人》的悸动。这或许是因为大约一个月前他被确诊为2型糖尿病人——注意，是2型的；或许还因为他近来被市作协录取为正式的会员了——在他已经为写作"业余"地劳作了第24个年头之际。24，在古中国被计算为两个"纪"，并不是计算机和手机容量的那两个G，而是说两个十二个年头。

一万年太久，还要只争朝夕，何况刚被确诊时医生说老乔的生命或许也就三个来月了呢。当然，也有大夫说他能活三年、三十年，甚至三百年、三千年的；至于说老乔的预期寿数是三千三万年的那个朋友，是专门搞哲学和历史学研究的。

二　5月3日

糖尿病人的天敌就是糖，是sugar，因此，从那天之后，老乔所做的、想做的和必须做的一切的一切，就是同世界上那种被称为"糖"的家伙（元素）划清界限。有"吃甜头"和"吃苦头"的说法，那么，老乔从五十又五的这个年岁起始，就必须只能吃苦头而远离甜头了——其实，老乔的甜头，统共也没吃过几年呀！因此，老乔觉得非常的冤枉；老乔进一步感觉比窦娥还冤枉一些的事情，是他本是个业余运动健将，虽然前些年体重远远超过了一个中老年男子该有的"黄金比例"，但是老乔——得了这种得吃尽天下苦头的倒霉病的老乔——和那些馋猫懒狗式的"他们"是不一样的，他们得"吃苦病"那是活该！但老乔不该如此，绝不。

但冤情归冤枉，从那个跨越了历史的月份开始（病史前的和病史后的），我们就发现了一个"免糖"的sugar free的老乔，老乔只能如此。

三 5月4日

据医学的说法，老乔得糖尿病的原因大致有这么几个：首先是遗传。老母是糖尿病人，因此他或他的兄长其中一人就必须也是，他们都是"高危人群"。但老母同时也是老革命呀，为何传递到老乔身上的不是彻底的革命基因而是糖尿病呢？老乔想不通。还有，假若兄弟二人只传一个的话——也是某个医生说的——那么，老乔算是"走运"的那个。还有说传男不传女，更有说传女不传男的，总之，不同的医院和不同的医生以及不同流派的医学外加官方的坊间的、电视上网上的以及人们口口相传的，都有各自听来颇有道理的道理。但老乔终究还是得上病了，被确诊为Ⅱ型糖病的他甚至都来不及将诱发他得病的种种可能的缘由做一网打尽和科学式样的梳理——就像他做博士论文时那样——因为，他真的已经来不及那么做也无啥子意义做了：就好比已死之人，人都死过了，他哪还有心思梳理自己故去的原因呢？再说也没精力了，得病后的老乔唯独匮乏的，其实就是精力。

其次，说老乔的病是因过分焦虑而得。啥焦虑？影响的焦虑？房价的焦虑？朝鲜核试的焦虑？特朗普"口无遮拦"的焦虑？南海东海黄海安全的焦虑？日本"出云号"还魂出海以及安倍玩命修宪的焦虑？似乎都是也都不是。

其实早在三十年前从他老娘变成病人的那时起，老乔就特别警觉来着。他明知自己早晚会得上那种病，他能做和企图做的，就是把发病的时间一点点朝后推移，从三十岁推到四十岁，再从四十岁推到五十岁，然后以此类推，一直推到一百岁，老乔曾精细设想：不早不晚，自己就在第一百岁的那天大快朵颐地吃白砂糖和大白兔奶糖，他故意得上糖病，然后就地嗝屁着凉（北京土话：去世）。他要用糖、用"甜头"亲手把自己"正法"，多一天不活，少一天不死，就如同20世纪"一切按计划办事"那般。为了实现这个奇异梦想，老乔从三十年前起，除了早餐就不再吃糖了，就"木糖醇化"了，比如喝可乐，有了健怡（diet）之后，他就不再喝真可乐了，以至于都忘了真可乐是啥滋味，或者一喝真可乐就休克。自从零度可乐（zero）出来之后，老乔就更加"零度"了——零度写作（他是作家）、零度生活、零度自信、和坏人保存零度距离……甚至零度信仰、零度信心、零度新生活（不使劲追赶时尚），直至零度坏账、零头存款，直至都零下十度了他还在湖中游泳。

四　5月5日

再后来，当老乔已经从不是病人到是病人的巨大转折的冲击中缓过气来的时候，他仔细回味了一下发病的全过程。首先是口渴。去年的春天老乔也口渴来着，他从网上获悉那是因为春天到了。网上大夫说一到这个季节，人类——尤其是雄性的——就特别容易夜里口渴，而且也嘴馋。于是，老乔就信以为真了，他先从立春渴到雨水，指望雨水的水能帮忙缓解浑身的饥渴；但落空了，老乔就再等，从惊蛰等起直到清明，甚至到了谷雨，老乔思忖谷雨的雨水肯定管用，但还是没管用。于是，深度纳闷并自知自己有家族病史的老乔就去做手指血检测了，随后，那个"大象大药房"的坐诊大夫用一脸的惊愕和几乎爆表的检测值告诉他——你完了。

告诉老乔变为"糖人"的第二个通报者是他的体重——他

体重骤减！像冲洗底片失误那样，拍照的时刻老乔还挺胖来着，照片洗出来后，老乔咋就成个瘦子？于是，老乔就特想砸了那台机器。老乔原本以为自己成功地减了肥，还一次次地狠命庆贺，或许是庆贺得太辛苦，他就越高兴越瘦，老乔心说"坏了"，于是，老乔就迫不及待地伸手让那个"大象大药房"的女大夫用那种叮在手上比蚊子还使劲的血糖仪，给咬牙测试一下，然后，她就幸灾乐祸似的大叫一声："你得糖尿病啦！"说完后就转身干别的去了。被搁置在一旁的是惊悚的、大汗淋漓的老乔，而且，那时老乔的口，就更渴望喝水，于是，满药房原本无所事事的那堆女售货员就一下子将老乔里三层外三层地包围起来……她们都劝他买药。你看，从得知患病到拿药到魂不附体地拖沓走在夜朦胧鸟朦胧的归途之上，统共没占满老乔生命的三十分钟，但就在这三十几分钟里，老乔的身份却永久地更改了，就和改变了户籍似的，老乔从此变成了一个"糖人"世界中的永久居民。

五　5月8日

36岁因患肺癌去世并留下遗作《当呼吸化为空气》的保

罗·卡拉尼什在书中说，患病时他经历了五个阶段——"否认、愤怒、讨价还价、消沉、接受"。老乔小结了一下两个月不到的自己，尽管自己得的不是癌症，但上述的五个阶段基本都经历过了，眼下他所处的位置是最后一个——"接受"。直到目前为止，他仍然对自己变成了"糖人"这件事还是半推半就、半接受半拒绝的。每次测血糖他都希望奇迹的出现，比如血糖一下子就从20下降到0，变成了零度可乐瓶子上写的zero，那样的话，自己身体里就也能变为"无糖、无能量"；不过糖太低了也危险，老乔有个得糖病的朋友，他最初的症候就是猛然感觉有气无力，感觉一下子全身都松软、坍塌了——那是血糖突然变低的现象，于是，他一猛子冲进路边一家甜点店，满头虚汗地对惊诧万分的女店员说："快给我一块甜点吃，我随后付钱给你……"

老乔在小结自己从"否认"到"愤怒"这两个阶段的经历时，故意将"否认"搁置，将"愤怒"突出，他愤怒于自己得了这么一种自己颇费心思回避了二十来年的病——自打知道自己有遗传风险之后，他一直积极参加体育运动，而且有些是极限性的，比如跳冰窟窿（冬泳）、滑冰，他还因想多走路而不买车……总之，凡能做的他都基本做了——说"基本"，是说他还有少许没做透彻的,就是每天早晨吃一块"味多美"的甜点,哼,都是叫"味多美"害的!想到这里,老乔立马把剩余的两块"味多美"丢进垃圾桶,就像是丢一小块核废料。

六　5月13日

老乔寻思"否认、愤怒、讨价还价、消沉、接受"这个程序应该还有一个变种,那就是"否认、喜悦、讨价还价、激昂、接受"——这应该是在人突然获得了某种荣耀、占了天大的便宜,或是得到了自己都没预想到的好处之后所经历的,比如哪个女孩儿知道自己怀孕要当妈妈了,就可能先说:"哦,不!"然后就是喜悦;再接着"讨价还价"一番,和自己或别人较劲;最后呢,就接受了,娇嗔地说:"生就生呗!"

对于老乔来讲,上述的事情是不大会发生的,但他还记得知快要当父亲那一时刻的欣喜感受;而眼下,鉴于老乔已经是个被"组织上"认可的有名有姓的作家了,他畅想未来,猜测或许第二套模式——"否认、喜悦、讨价还价、激昂、接受"会在自己哪天得鲁迅、老舍或诺贝尔文学奖的那一时刻来光顾自己,到那时,他将先高叫一声:"啊,不可能!"然后高兴地跳离地面,再和自己"讨价还价"——要还是不要?就如同2016年得了文学诺奖的鲍勃·迪伦那样,接着老乔肯定会先激昂亢奋一番,然后就带着同情心对媒体说:"他们偏要给,那就收着吧!"

为此,老乔也试图像迪伦那样写短句——不是歌词,是诗,因为老乔不是摇滚乐歌手呀。老乔从迪伦那里领悟到:单从字数上看,写诗是通向诺奖最短平快的捷径。那些得诺奖的诗人,最少的,作品加起来才十万来字,它们就像一列列小黄旗帜,也好似一块块小碎石头,细细地排列开去,目标直指诺贝尔文学大奖。从翻译的角度来看,诗歌似乎是最有竞争力的——字数少呀!老乔到目前为止留下了五百多万个汉字,他要想去北欧领奖的话,得先通过"文字一带一路",把中文变成英文、法文、俄文……最终,变成那些诺奖文学组老朽们都能读懂的瑞典文,等到全翻译过去,恐怕,老乔的终身疾病糖尿病都痊愈了!因此,还是诗人们更有优势。老乔甚至特别猥琐地把北岛能屡次获得提名,也往诗人字数少、好通读那方面想。北岛有一句名诗据说就一个字——"网"。那些老头们看到这首诗时,兴许正处于审稿最疲乏、老年痴呆症都快复发的那个顶级危险的时段,于是大家异口同声、用世界上最衰竭的声音和糖尿病人早期普遍感觉到的有气无力齐声赞扬道："wang，这绝对是一天读下来最——好——的——诗……组长，俺们今天能回家了吧？"

七　5月15日

老乔一直都有一种模糊的感觉，就是他的作品能长命百岁，甚至是千年不朽，当然，那只是作为作家的自我幻觉，但感觉到作品能经久不衰，总比感觉它们见光就死要强些吧，也正是因为这个，老乔至今也不肯承认他得的那种"糖病"竟然也是个长盛不衰的家伙，竟然根治不了，竟然将伴随他一起走下神坛（死亡）。

"你啥意思？"老乔问那"糖"，"糖"说："没啥意思，我就是不死。我要成为你的终身伴侣。"听，它那语气还甜不唧唧的呢。

老乔真想抽"糖"一巴掌！但"糖"是藏身在老乔体内的。老乔下不去手，也打不着。"糖"的天敌好像叫什么胰岛素，老乔现在还没弄清它俩是啥关系，究竟是谁离不开谁，是胰岛素喜欢"糖"，还是"糖"出轨了想背叛胰岛，要不然胰岛咋会疯了，自己朝自己的肚皮（不对，这个肚皮是老乔的）每天狠命扎针呢！老乔越弄越糊涂，但他却不想将这二者间的暧昧关系彻底弄清，因为他压根不相信这种"糖病"是个终身疾病，是个从现在起就将他缠死不放手的不治之症——这比最终好歹还能根治的顽症还恶、还凶——那，不，可，能！

别说感冒发烧了，连脚气疝气，连脑瘤癌症早产早泄早搏早脱发早年痴呆都有得治！老乔接连念叨着他已经知晓的那些病名，它们没啥，跟人来疯似的，召之即来挥之即去。那么，还有啥，哦，对了，还有神经病，不过神经病也是能治的呀！"文革"期间那么多人得了神经病，不是运动一完人就痊愈了吗？那老年痴呆呢？和早年痴呆不同，恐怕老年痴呆（阿尔斯海默症）是没治的，老乔也有这方面的遗传基因，但那也不是什么大病，人一老就难免糊涂和痴呆嘛；再说"痴呆"是不是疾病还有待考证，《红楼梦》中贾宝玉见了漂亮男孩女孩都容易犯呆和发痴，你说是不是病呢？再说那病也好治，只要家一破产、公子哥一落魄没吃没喝没闲心，病就好了一半。

还有啥终身不愈的病呢？呀，终身不"育"症呀！不对，现在也能治。

老乔越求证越气恼，也就越想不出个结果，结果是他认定："糖病"真不是东西。假如它真的像网上那些医生说的，得上了它就将是你的"终身伴侣"的话。

八　5月18日

后来，老乔使劲想了又想，终于发现还有一种得了之后就成你的"终身伴侣"的病——艾滋病。这，似乎没人能够否认。于是，老乔就回想得艾滋病后人的一系列状况：二十多年前，在北美一个冰天雪地的国度，老乔在"单位"里遇见过一位艾滋病患者，确切地说，那个身高马大的法裔米歇尔是老乔的同事，他们曾经因工作发生过争执，但那些争执在米歇尔得了某种病之后立马就终止了。至于他得的是啥病，起初大伙都胡乱地说，老乔也胡乱地听，没想到，米歇尔得了病之后第一次在公司露面时——也就是个把月吧，原本又胖又壮的他突然被"缩版"了，从大象变成了骆驼。哦，老乔也回想起这两个月来体重急剧下降了十公斤的自己在"镜中"（当代诗人张枣的代表作）的那副原本一身赘肉脱落得溃不成军的惨象。后来呢——老乔再接着鼓足勇气回想——后来绝症患者米歇尔就在交接了工作之后，在零下三十多度的白雪成堆的公司厂房外面的那条小路上，摇晃着从老乔的视线中最后一次被老乔送行。再之后的不久，老乔的一个印度裔女同事就代表大家去参加他的追思会去了。

那前后，也就一两个月的时间吧。

面部表情颇不友好的蒙大夫——一个社区医务站的女大夫，在看到老乔的所有"三大指标"——血糖、血脂、血压，最高的竟然是正常人的几十倍的时候，也断然做出了很科学、很权威的判定，她说：你也就能再活三两个月吧！

老乔听了不由得一个身影从视网膜前掠过——当年得艾滋病的那个同性恋米歇尔。记得米歇尔带着哭腔对大家说，在确诊为艾滋病后他父母就不再搭理他了。他还说他要用公司同事们捐给他的这笔钱买一个崭新的弹簧床垫，因为之前他从未用过新的。

《镜中》最有名的是前两行：

只要想起一生中后悔的事，

梅花就落了下来。

老乔在血里的血脂和血糖已经足以将半个班的护士吓得惊呼起来（为之倾倒）后，在离居住地不远的运河边发疯地走动（管住嘴,迈开腿)的过程中,边迈着已经不太给力的大腿,边回想着一生中究竟还有没有仍旧让他本人后悔的事情,而这时已经是谷雨前后了,梅花呢,也早就落光了,更何况,北京又不像张枣20世纪80年代写《镜中》的重庆——北京压根儿就没啥子梅花似的,北京的春天,眼下樱花、桃花、玉兰花倒是挺多。

其实张枣英年早逝(四十七岁),寻求毕生的,就是汉语诗歌中自古以来就有的那种"甜味"。老乔不知怎的,在得了"糖病"之后,尽管在食品中断然拒绝糖分,一见糖就犯恶心,但在阅读中却倾向于读"糖诗"了,尤其是读《镜中》《诗经》一类甜滋滋的诗。(文字也有味道吗?当然——印度人在古典诗学中说"有"!)这是不是老乔在忌口糖分的同时,用眼睛、用阅读书中"甜文字"的方式在给自己加餐,在贪婪地攫取补充着"甜头"?

嗯?

九 5月21日

还有一顶一旦带上后就永远摘不下来的"帽子"——老乔

又联想到的——那就是"作家"这顶。他入作协了,他终于领到市作协颁发的、盖着大钢印的会员证了。在此之前老乔写了二十多年的书,出版过十多本作品,但他一直不是"被认可"的作家,就好比你读了再多的书,你没有学位,别人死活也不把你当学者、教授一样——除非你是陈寅恪。这个网络时代人人都在写作——包括那些写黄段子的。能写作并不就是作家,是作家(入了作协的)也不见得就偏要继续写作。有"不在其位不谋其政"之说,但在其位了,谁说老子偏要做事——"谋政"(写作)呢?

老乔在领到那个油亮亮的黑色会员证后,有一种穿越时空的感觉,感觉又回到了二十多年前北美那个方正不透风的五金公司和那间能看到艾滋病人米歇尔摇晃着走向人生最后一小段路程的单间办公室——那,正是他万里长征走向"作家之路"的起点。

就这样,短短一个月之内老乔头上死死地被扣上了两顶"帽子":第一顶是"糖尿病",第二顶是"作家"。第一顶是"大众帽",第二顶是"小众帽"。第一顶是实在的,第二顶是虚幻的。第一顶是在通身血液中流淌的"红色的帽子",是微甜的;第二顶是看不见摸不着只能意会不能传递的帽子,是微苦微辣的。除了出畅销书的,作家眼下并不酷,倘若老乔将作家的帽子丢向路人甲，说："送你，你是作家了！"路人甲肯定会嗖地一下躲到厕所里避雨去了——他不想招惹是非。哦，对呀，传统意义上看，作家可是个容易惹事的苦差，例如鲁迅，不惹事就不是鲁迅了。当下的"鲁迅们"都太轻柔太妙曼太玄幻了。比如，有一个相当红的网络作家笔名叫"猫腻"的——猫腻写的东西会带刺会深刻会为社会刮骨疗伤吗？原来是作家的功能变了。这期入会的作家们大多比老乔年轻，有的就出生在老乔开始写作的那年。但人家都已经写了几百几千万很具备"猫腻色调"的网络作品了，一听这，老乔身体里面的血糖血压血脂都顿时暴涨！

二十年来，老乔一直梦想着作为一个作家被人承认，但当那顶"帽子"真的扣上脑袋之后，老乔心说："坏了！"——他想摘下来，已经不可能了。作家本来就是可承认也可不承认的名声，李白、杜甫、陶渊明在生时都不曾持有"作家执照"，曹雪芹就更是了。因此，判定一个人是不是作家是没有绝对标准的，于是，之前老乔的作家名号一再被人矢口否认。但这次不同了，进作协是要评估的，先要提交作品，而一旦被接纳了、成会员了，就说明你的作品够了、合格了，就意味着即便他可能不是个好作家、合格作家、优秀作家、有人气作家、畅销作家，但起码，他是个作家——否则咋会成了作家协会的会员呢？在这里，"会员"前面的"作家"是个定语。就好比只要能进女厕的人就被认可为是女人，还有，只要是百万富翁俱乐部成员的，就不可能不是百万富翁一样。

百万富翁俱乐部成员也不是永久性的，把百万挥霍光了之后，你就不是了，但作家的作品一旦写出、成书、被评估、被接纳，就好比是孩子已经生出来，你想不要那孩子、不想当爹是不可能的，当过一天爸爸也是爹！即便它（作品）长得丑陋不被接纳，你仍旧是个作家，就是那个"生产"过作品的人，就是个永不能抵赖也永远别想被"撤职"的作家！

想到这些，老乔心里轻飘飘的，虽然眼下作家早就不是20世纪八九十年代那样受万人瞩目的头衔了，老乔仍有些自酿自饮自醉的虚妄的得意，咱好歹算是多戴了一顶"新帽子"——人生难得有几顶帽子戴嘛！

只见老乔到单位后见了熟人就主动出示作家证——尽管对方并不是拦路检查酒驾的交警。老乔得到的最高、最普遍的赞美是看了他的"执照"后，问："作协发工资吗？"

十　5月22日

不甘心被一顶帽子紧固到呜呼哀哉那天的老乔拼命搜寻着压根自己"没病"的依据，这不，网上真有，网说："你那不是病，是男性更年期综合征的一种表现。"具体点：男人在四十五岁至五十五岁这段期间最容易"更年"，更年期的英文是"menopause"，或是"the turn of life"。第一种说法中的"pause"就是"暂停"，也就是"歇了"的意思——咋歇？横着歇？竖着歇？跪着歇？第二种，是"生命的转折点"，转折什么？什么转折？财运的？文运的？

网上的"大夫们"（那些诊断的词条）还谆谆告诫老乔，说：人一到你这年纪，只要一开始"男更"，新陈代谢和内分泌就立马全部乱掉，所有的指标——什么血糖呀、血脂呀、血压呀（'三高'）就会像一线城市楼价似的疯狂窜高，但你千万别把它们误解为"病"，你没病，他（她）们才真有病呢！

老乔赶紧为那个"医生"点赞！

"新陈代谢"究竟是啥？就是喝水后排出体外的那些水分？

还有，因何俺早不更晚不更，偏偏踩在五十五岁马上就要到了的前几个月更呢？换一种说法：早知道这个，老乔原本就该在五十五岁的"最后一道线"前戛然打住自己体内的各种好坏"分泌"，也包括写那些破烂文字——文字在老乔看来也是一种人类特有的"分泌物"，其他动物就不会写文字，也没有什么狮子、老虎、蟒蛇出版过文学作品。

但凡老乔早点知道，他会在今年一开春就躲到寺庙中去闭关，就变成个素食主义者或只吃草，即便草吃多了，也不挤奶——鲁迅说的。鲁迅那头"牛"的"思想分泌物"就是他说的"奶"（作品），不过，鲁迅的"奶"里有他自己常自嘲的"毒"——有"三氯氰胺"，这么一想，鲁迅不是从青春盛年起就提早更了？不就总写骂人的文字文章，不就"新陈代谢内分泌紊乱"了吗？

至于"生命转折点"（the turn of life）——"更"的第二种英文解释——你说具体是指什么？是加入作协？是拿到"作家证"？是第二顶帽子上头？还是写作的停滞不前、无话再可说、再无可表？

无论如何老乔都觉得憋屈，都感到愤怒，都大喊亏了。他好容易蹦跶到"男更冲刺线"的最后半米，他只要再装怂装傻装呆装笨装低调装深沉装无为、无畏和无趣……总之，只要把原本就不太高贵的脑袋夹在裤裆下（这话低俗点），就能躲过"代谢紊乱"，就能避开"糖病"的发病期，就能内分泌不失调，就天下太平、无忧无虑、顺顺利利、妥妥当当，就"乌拉"一下子奔一百了。

但是，他却没有能够。

十一　5月25日

历来"心术不正"的老乔在得了"糖病"以后最大的也是唯一的乐趣就是寻找身边的"糖友"——这兴许是出于动物想抱团取暖的自然本能，比如，同性恋者特别关注其他"同性"。据说，有人将当代英国叫作"腐国"（这也是个来自日本的新词语）——这是老乔亲耳听一个英国人说的。所谓的"腐国"，就是整个国家的男人都是同性恋的意思，他们都是"腐人"。

难怪英国那么猴急地想"脱——欧"！

再说回到"糖友"。老乔没得病前没注意，得了病就发现他身边、身前、身后甚至隔了一条街道以及隔了几个时区的朋友或朋友家人中间随处都有、都是"糖友"，一句话，他的"糖友"遍天下。

"我得了糖尿病了。"——对看着自己"脱脂"般突然瘦下去的形象满脸犹疑的来人,老乔总是不问自答地说上一句,没想到,他得到的几乎占三分之一的答复都是:

1.我也是。

2.我爸(妈、岳父、丈母娘、小叔子、小舅子、小姨子……)也是糖尿病,也血糖高,也突然消瘦,开始时也像你这样没精打采、垂头丧气、痛不欲生甚至规划后事……

"那现在呢?以后呢?"在老乔的追问下,那些答复是:

1.还活着,好好的。

2.活着,但不好,已经打上胰岛素针了,截肢了,得并发症了……

3.早就死了。

十二 5月26日

同病不仅相怜,而且还"相恋"——这是老乔的体会。

老乔得知,全中国的"糖友"占总人口的15%。这还是查出来的,没查出来的呢?

老乔刚知道：哦，原来胡适、梁实秋、宋美龄也都得过糖尿病呀！

胡适博士是挺年轻的时候得的，也是和老乔一样突然消瘦，口渴（消渴症），然后就被"判了刑"，走投无路，就去投奔中医，中医一服药——他竟然好了！

宋美龄每天吃五顿饭。

梁实秋在娶第二任夫人的时候已经是糖尿病患者啦！但他还是把台湾的那位"岛花"娶回了家，用的是"著名文人、莎士比亚翻译家"的头衔——要是能证明莎士比亚也是"糖人"，不就更能说明问题了？

发现了这些，始终孤独寂寞的文人老乔顿时霍亮了起来——厉害了，他的朋友遍天下呀！光国内就有一亿人呀，还包括了那么多死人呀。

老乔萌生出一种"朋友圈"忽的被"一带一路"化，他的前途变得无限大、无限宽广的幻觉，感觉自己长这么大从未像眼前这样一下子能和周边的、"一带一路"上的、地球南北极的、前两千年后三千年的那么多、多达天文数字般的人类（"糖病"似乎只有人类才得）找到共同语言、共同感觉、共同苦恼、共同命运——这不是一个不折不扣的"命运共同体"嘛!

由此,深度抑郁了的老乔马上就变得激昂起来。

十三 5月27日

老仇和老乔同乘一部电梯二十余年,他们住在一个门洞但从来不打招呼,像一般的"中国城市邻居"那样。老仇的确不是老乔愿意打招呼的那类人——他又矮又丑,还极端没有气质:老仇夏天总是穿一件马上就要被"洞穿"了的早已变灰的破白背心,一看,就会把人的思绪拽回20世纪70年代的艰难岁月。老乔猜老仇一定是哪个地段搞基建的,每天都帮人"开墙打洞",或是专干旧物资回收的。

但老乔的"糖病"让他们二人的这种"老死不愿往来"的情形发生了大逆转——老仇也有病!

老仇是听老乔对电梯里抱着一只九旬(相当于人的)的老狗出来遛弯的楼门长老王说自己血糖高,才满脸得意地主动和老乔招呼的:"我、也、是。"老乔立即对老仇有了极大的兴趣,问他啥时得的,血糖多高,餐前还是餐后,吃药还是打针,吃啥药,咋吃……

老仇当然一一答对。从那以后,老仇见了老乔就一副"国家教练"的姿态:这两天血糖咋样呀?哦,控制得不错嘛。谁他妈让你下午五点测的?!要吃完饭后两小时测。嗯,嗯,这样才好,你丫可要有毅力呀。哦,嗯……有问题尽管多问,好,今儿就说到这吧……

老乔在超市买食物,正当他寻思哪些能吃哪些不能吃时,被毛森森的一只手搭到了臂膀,回身先是被眼前的形象吓了一跳,细看是老仇。"买他妈啥呀?""……""嗯,那能吃,这也能吃,哦,嗯……"老乔自然虚心点头,认真领会。但一瞥,老仇的手中竟然是块真巧克力,不是"Sugar Free"(无糖)的,就提醒老仇这上面没有"免糖"的英文说明,不能吃。老仇说:"我他妈知道,我认识,但我馋了忍不住时偶尔也吃一两块。"

老乔有些纳闷,狐疑不屑地问老仇是啥时和English(英文)也认识的。老仇随口说了让老乔听后直到半夜醒了都还继续品味的话:"我早就是大学德语老师了,现在还是。我是1977级北外德语系的。那以前嘛,也当过几年机械厂钳工。我(四声)操!"

十四　5月28日

老乔在迈开腿。

老乔像全天下同病相怜、命运共同的那15%的人类一样，在进行着每日三餐后的毫无用途、目的、意义、乐趣的行走——他要把体内的那些"糖衣炮弹"给走掉、消耗掉、消磨掉，给尽快分泌掉。这是一项"政治任务"，就好比是和尚就得念经、是教徒就必须礼拜、是人就得吃饭，吃了饭就必须让它们（那些食物）快快从体内滚出去。

老乔整天像只无头脑的蝇，老乔好似楼长老王抱着的那条九旬的爱犬，他和它365天风雨无阻地饭后出去溜达，他们从前没伴，而今有了老乔。

老乔挺跌范儿的。

当然，还有路遇的老仇——他咋越来越丑陋？

老乔心烦，老乔烦躁的缘由是无目的——无目的地走，走什么，往哪走，不走行不行？别走上极端好不好？日后走不动了可咋办？

即便带着以上的种种疑虑，老乔还是马不停蹄地走啊走，因为他一定要把血糖控制住,他不想日后自己扎自己(打胰岛素),他不想虐自己,那将是多么的可怕呀,只有吸毒的才那么干呢!

老乔不仅怕打针、怕疼,老乔尤为惧怕的,是自己用针头在自己的肚皮上"穿针引线"!

他更担心得上糖尿病并发症,那样就会四肢麻木溃烂,就会脚趾变成紫薯颜色,就要被截肢,老乔就将变成一个名副其实的"腐人"……

太恐怖了,那无疑是自己和世界的末日提早到来!

《奔跑吧,梅勒斯》是被称为"无赖派大师"的日本作家太宰治的一部作品,其中有这样一段梅勒斯奔跑时内心的独白:

"信赖,信赖……我被信赖着!片刻前那恶魔的耳语,只是梦呀,那只是一场噩梦。忘了它吧。只要身心俱疲,人类便会遭逢那样的噩梦。梅勒斯,你不可耻,你是真正的勇者,你不是又站起来,再度奔跑了吗?万幸!我总算能以正义者的身份赴死了。啊!啊!夕阳西下,夕阳正渐渐西下。等等,上帝!我自坠地后就是正直的男人,就让我永远都当一个正直的人吧!"

老乔以前读这段话时,感觉太宰治和那个梅勒斯都挺无赖的。

自打老乔得了"富贵病"之后,在每天都要做"奔走"的"作业"时,不知因何,老乔感觉自己已经被梅勒斯的鬼魂附体,老乔自己也快变成无赖了。

我曾经信赖过什么?谁是恶魔?"糖病"是永久的病还是只是场噩梦?得了它,你可耻吗?你还能再站起来,不仅是走,而是再度奔跑吗?

老乔万分怀想在冰球场上挥杆飞奔的往昔岁月。

我还能冬天跳进湖里吗?我还会有气力在冰水中返程吗?

人,将用何种方式赴死?

人生的戏剧,每人都终将会有自己独特版本的大结局——无论你堕落还是正直,甭管你一辈子是苦、是甜。

一日,在夕阳下狂走的老乔不留神走进了京郊的一块墓场,那是一片世外桃源,绿草茵茵,鸟语花香。当时,夕阳也在渐渐西下,携带一团鹅蛋黄般金灿落日的火焰。

只见"糖人"老乔迈开大步,朝着彤红的落日疾行。

2017年5月28日端午节假期第一日截稿
2017年5月30日端午节定稿

第三部分 秀技艺

涂鸦心得录

一 进水墨世界 / 2017年11月25日 星期六

精准地说，我是本年度10月21日，也就是一个来月之前走进水墨世界的——我画了平生第一幅水墨画。我照着一本国画教材上的水鸟，随便勾勒了几笔，就成功地画了一只肥鹤。即便如此，我也没觉得它不是作品——谁知道我是照着水鸟画的呢？然后，我在空白处信手写了几个颇有个性的毛笔字"俺乃君子也！开明绅士图"——它（那只飞鹅）的尾巴是黑的，颇像绅士身着一件燕尾服的样态。后来，我再补上"一民"的落款，并盖上血红的印章。

其实，我这样轻松无意识的步入"国画界"，是受了北大老师顾歆艺老师的启发——我这学期在听她的"书法文献研究"课，她说赵孟頫曾说"书画同源"，于是我就想，既然我的书法已经达到了一定的境界（自我评估），那么，我不就可以顺带着滑落到国画领域了么？因此我就尝试画了一幅"开明绅士图"——用给肥鹤贴文字标签的法子。

二　不得已开始画水彩画 / 2017年12月3日　星期日

本星期不得已地，我从紫竹院马上要被拆了的经营写字绘画工具并进行字画装裱的邓先生和小牛（他爱人）那里，买回了一个调色盘和一组颜料，于是，我开始画带颜色的画了。

我原本立志于用全水墨——黑白分明地表现世界，但仅一个月的光景，这个"大志"就要被破掉；我原本想像小牛说的那样，用"墨分五色"的墨，浓一下、淡一下、浓淡一下地"白加黑"地写、涂、泼（墨）这个大千的地球上的人和事，而不动用原本就似乎不存在的五彩缤纷——人家黑白片（电影），不就比颜色片好看吗？但这不行了，因为时间不够了，因为邓先生、小牛开了十五年的这个紫竹院内唯一的"书画摊子"马上就会因"安全隐患"被拆掉了，于是，我不得不抓紧"囤"些或许会用得着的写字绘画必需品，这其中，就包括了那个调色的盘子和十几种酒店牙膏状的颜色筒子。

近日大兴区的那场大火以及之后的全市排查——排查到了几十公里之外的海淀区的这个公园中唯一的"文化角落",从而,将我并看不出任何隐患的从三年前起我就过来裱字的这个"字画之友"推向了完结。

我用第一个"挤"出的颜色,画了"齐白石大公鸡"的鸡冠子——叫它"齐白石大公鸡",是因为我是照着本家的画样画的,那只鸡要在从前,它的冠子可能是浅墨色的,但现在变成了血红。

我再调了个紫色,想起楼下就是有紫色竹子的园子,我就用紫色画了幅尽管瘦骨嶙峋却节节窜高的竹子——它真是紫的咧,而且还真像竹子。咋命名?"板桥紫竹"么?

第三幅,也是最后那幅,为了怕浪费留下的红色和紫色,我先画了一个"白石桃"——用红色,然后,在桃的鲜红的大肚子处,用紫色涂了个圈圈,最后,再用已经半红半紫的毛笔、用残色,写上了提款——"红得发紫"。

三　徐悲鸿的动物和齐白石的昆虫们的"眼神儿" / 2017年12月10日　星期日

我最早的"老师"——学画模仿的样本，大都是本家齐白石的画，不仅是因为姓氏，我俩从气质心态上也差不太多。齐白石是个"出家人"——从心态上说。我还把他视为一个"道家"——他的画大多取自天然，而且善画小东西，比如鱼呀、虾呀什么的。碰巧我家也养鱼养虾——有的是买的，有的是从楼下的水塘中捞回来的，因此在画虾的时候——我已经画到第二只了——我脑中有对那些被我捞回来并早就死掉了的虾们死魂灵的幻觉：它们大都是灰不溜秋的，手臂长而且喜欢"张牙舞爪"地在鱼缸里游弋。我看齐白石画虾的时候就在身边放一水缸的活虾，那条件我也有过（在虾全死光之前）。至于蚂蚱、知了、刀螂、马蜂什么的，我家里就没有了，不具备那些条件；其他的果蔬类呢，大白菜我家现在也不常备，萝卜嘛，倒是时有、时没有。你看人家齐白石时代的萝卜，缨子有多长呀，白菜的帮子又是多么的厚实——这些，是我照着画的时候感悟到的。

在照着徐悲鸿的模本画大一点的动物，比如鹅、猫、狮子、老鹰的时候，我发现了他笔下的动物与齐白石的不同是在眼神儿上面。齐老爷子的河虾几乎看不清啥子眼神儿，但悲鸿的猫、狮子、老鹰的眼神我是看得到的，而且挺清晰——就是像他本人的！徐悲鸿的眼神儿你有印象否？是挺冷的——冷静的冷，是挺cool的——不冷酷的"酷"，是挺悲悯的，是挺质疑的，是挺同情的……而他的猫、他的老虎、他的老鹰，哪怕是他笔下的大肥鹅的眼光、神色、"表情"的总体感觉也正是那样，与它们的创造者的眼神儿一模一样。于是，我学悲鸿画时就先把动物眼睛画出来，把眼神儿（核心）搞定——那眼球通常是竖立的而不是圆的；然后再将眼睛的外围，比如脖子，比如翅膀——老鹰的，给一一画出，好似在"扩大战果"。

我用"入世"或者"儒家"来形容徐悲鸿的画，这是和齐白石的"出世"对照而言的。再想想，徐悲鸿是留洋出身，是学院派；而齐白石即便在五十七岁来京定居之后也是个民间艺人，是个"老迈北漂"，用当下的话说纯属"低端人士"。身居学院庙堂之高为人师表的徐悲鸿想不"身兼道义"想不入世都难，在国运不济时，想不悯人悲天都做不到，而这，都凝聚在他画笔下的猫、狮子、老鹰，哪怕是鹅的那些个犀利、傲慢、坚毅、悲悯甚至有些狐疑的、竖立着的眼仁儿里了。但白石的则不，首先，他的虾的眼球只是个漆黑的点，压根儿看不出来啥子神色；其次，在一个年逾九旬还四处物色年幼之妻、还死活想续弦的齐老爷子的笔下，你想，他的虾、虫子、刀螂们的眼睛里假如也有目光，不都色眯眯才怪哩！

真替本家难为情呀！

四 手低不怕，怕的是眼不高 / 2017年12月17日

本人的画画历史，除了上初中时有那么半年照着几个葫芦画了几个瓢之外，在两个月之前是纯粹空白的——那是指动手画画。但用眼睛看画的历史，于本人，可就长了。从20世纪80年代初的那个禁闭长久后带来诸多外来惊奇展的中国美术馆，到80年代中期的东京美术馆，到90年代的巴黎卢浮宫、大英博物馆、纽约的大都会博物馆，再接着回到国内，新世纪从首博到国博到而今的中国美术馆，本人的观展足迹三十多年来可谓是四处乱窜、马不停蹄、乐此不疲也。

当你看得多了，你的眼神就高了，你的手在初拿画笔时，心里就仿佛有着千幅万幅已经画好了的画，那些名画，就是你欣赏的最高尺度，也就是你下笔时候的模本、模特。比方说，当你在公元2017年，先和王希梦的《千里江山图》近距离接触一下，接着，你把故宫武英殿的赵孟頫字画展看了，然后，再排上最少一个钟点的队伍，把中国美术馆的"美在新时代——典藏精品特展"给"扫荡"一下，外加去看几眼国博今年那些高档的西洋画展（比如伦勃朗的）……这样一路下来，即便你不动手画什么，你眼里的"什么"和那些从未亲自目睹、目击过以上画作的人相比，也已经提高了一大档次，拉开了一大段距离，你们就已经分处于不同的欣赏梯队了——因为那些画作是几乎涵盖所有古今中外最高水准的杰作呀！它们就是美术艺术的"天际线"，是地平线之上最美的线条，是能让你一览众山小，一看谁（别的"大师们"）啥都不是什么了的品味线！

看完名画之后，你再画虾、画蝉、画梅花、画雪、画魔鬼、画猫、画鸽子、画普通劳动者——这些都是我在本周画的，它们就不再是普通的虾，就不再是普通的蝉，就不再是一般的魔鬼，你也就不再是普通的艺术劳动者啦！嘻嘻。

本人的理论是：要幻想成为"大师"——哪怕是十年后百年后的，你先需要"迈开腿"，需要学会去鉴赏，你一定要先多看展览、多积累欣赏画作的本事，你最好将古今中外大师们的风格、做派、人品、作品在最短的时间内"一网打尽"，一揽子放入你的"炉中"（肚子、脑子里）。本人就是这么做的，在最短的时间里，我将上至苏东坡、中至八大山人、下至齐白石等所有国画画家的代表作用几次高强度的"体力劳动"搬回家，放在画桌下面，由此，我的画桌底下在短时间内就变为一个平面的"动物世界"和"森林公园"，里面有虾、鱼、乌龟王八、牛鬼蛇神、好人坏人、妖魔鬼怪，外加竹子、梅花、大白菜、大萝卜、大森林、大石头、大江大河以及漂亮的宇宙和美丽的星空——那是人家"至爱梵高"画的！

　　总之，手低不怕，怕的是眼不高！

五　从《漓江山水天下无》看李可染的"黑"／2017年12月26日

　　国博"墨天神境——李可染最后十年作品展"，令我驻足并徘徊许久的是他的《漓江山水天下无》——上面的墨是那么的黑、漆黑、黑黝黝、黑得瘆人、黑得出人想象，而那深黑、浅黑、灰黑、黑灰、黑白……你咋称呼都行吧，不就是"专家"（比如紫竹院小牛）所说的"墨分五色"么？在这幅画前，你能身历其境地感受到"黑山水""山水黑"，你能切实体会到什么是水墨的意境、境界和神奇，那就是水墨和纸张之间的相互渗透、相互交流、相互拿捏、相互作用和反作用、相亲相爱、相濡以沫、相互咬合纠缠……这些，可以说成是水和墨在白纸的那张"婚床"上的"缠绵"和"做爱"吗？要之，墨和水在李可染的这幅图上的确达到了你不得不敬服的神境，他让山川、河流带着浓浓的水的色泽、光泽、光环和光亮，带着水的魂灵甚至是水气和水中的负离子，气象万千地悬挂在你的眼前，吸尽了你的视线，吸干了你的魂魄，它是一幅"幽灵画"，活脱脱、赤裸裸，毫无遮拦地将漓江的山峦和江水、将山的气质和水的精神魔幻般照搬到你眼睛的全屏幕，所用的几乎是百分百的黑——墨独有的黑，将你震慑，命你臣服，让你膜拜……

我带着一本《李可染作品集》回到家后，左寻思右思量，我对其中的那副《漓江山水天下无》爱不释手，我犹豫是否敢于、能够动手照着它比划比划，也水墨一下，也酣畅一把，终于忍不住了，我画了，我涂鸦了，我先从最前面的那座漆黑的山峦画起，先画那几座最黑的山，它们是整幅画的"压舱石"，是主干和主结构。之后，再用稍淡的、再淡的、淡得不能再淡的墨将山的层次重叠体现，等整张纸都被不同的浓和淡的墨覆盖和涂抹得没有什么余地的那一刻，留白——远山与近山之间的那道什么都没涂、没画的一长溜白色——就自然地显现、显露出来了。你瞧，那不就是漓江么？眼瞅着一条清澈的河流在墨色的、黑黝黝的山峦的间隙中平流而下，哦，还缺船呢，于是，我用不熟练的细笔勾画上几只带帆的小船，顿时，它们就影影绰绰，在高山大河中闲游……

六 过年点红梅 / 2018年1月2日

2017年的最后一天的最后几个时辰，用第二次画的梅花树，连同树空白处的一幅对联，我第一次用画自制了一幅贺岁图，随即将它上传到了朋友圈。

它是手工的、是不成熟的，但黑白相间处的那几朵被零星点上去的梅花却是鲜红、鲜活的，而且，还带着零丁的年味。

画梅，你须先画树干。树干是"托儿"，干粗了结实了，枝杈才有着落；枝杈有着落了，那几朵零星的淡红、血红的梅花才可舒心绽放。

画梅花较难的是画花瓣。本来应由五六个花瓣结成一簇的梅花，是用笔点上去的。开始总点不好，点得离了、歪斜的，要不就是一团，要不就成了"乱点"，偶尔点对了，点得梅花像梅花时，画也就完成了，也就再没得点了——要等到画下一棵"纸上梅花树"那个"时机"的来临。但红梅这种"吉祥画"，你是不能天天画的，要有"口实"，要有心情，要过年过节，要用之压惊，要借其放松，要在举国同庆的那个当口画才行。再说，你总不能老在朋友圈中发贺岁图呀，吉祥图不是不能天天画，而是没人愿意天天看，不吉祥时、没那个心情时看你的吉祥图，带给人的就不只是麻烦、就不光是烦恼，你就不仅是费力不讨好了——哪个在开始上班、开始打卡、开始郁闷、开始被工作压得有气无力时有心情端详你画的"梅花漫天舞"呢？因此，甭看那么几点鲜红的梅朵、那几根黝黑的枝杈、那一根老迈却弥坚的躯干，你画它们时，拿捏的是瞬息的骨感（画干）、仓促的劲道（画枝）

和一激灵的快感（画花），是一种短暂的、节日独有的喜乐和那美好时光过两个时辰就不再了的预感和哀伤，画成后，还来不及风干，就抓紧拍照，就赶紧上传，然后，就立马收到来自通州、贵州、大洋洲、欧洲、北美洲的点赞。就这般，你在这边点红梅，全球、全方位的友人在环宇中追着不同时段冉起的红日——从公元2017年不由自主地匆忙过渡到了公元2018年。

七　我画的都是"灵感画" / 2018年1月3日

　　回顾画画的上一个半月，我发觉本人画的都是"灵感画"。就比如2017年末的那第二幅画吧，为了避免浪费，我先用点红梅剩余的红色画了一条不太像鱼的鱼——它的嘴好似乌龟的，它的脊梁既粗糙又不成比例。但毕竟有七八成和鱼类相似，于是我将之命名为"锦鲤"，还在空白处题词曰："我家日日有锦鲤，你家月月开鲜花"，至此，我的第二幅"年画"也就完成了。

　　其实，看画的人或许、甚至肯定没有意识到，我的这幅貌似吉利的画是有背后的"难言之隐"的：画锦鲤不只是由于调色盘剩下的是红色，还因为我家的那两条鱼在我不在此处的两天中夭折了，其中的一条就是红白相间的，我之所以想画鱼是出于对亡鱼的怀念，是那条鱼的不知缘由的短命使我突发想画一条鱼而不是一只鸟的动机和灵感。至于它的嘴因何半似真鱼半似甲鱼——一是我的手感不准；二呢，可能是我下笔时左脑想着甲鱼、右脑想着真鱼的原因吧！

"灵感"从前写小说时有，后来用手机当"摄影师"时有，万没想到，如今我画画了，也需和它打交道，也要仰仗和期待它。那么，绘画有灵感吗？啥是绘画的灵感？它是一幅画的动机和起因？是一幅画的构图和笔墨运用？还是一幅画的气势和内涵？

首先我肯定，从古至今，有些画的成因是不需要一刹那从天而降的那种灵感的，比如欧洲人画的那些肖像画——伦勃朗、安格尔（新古典主义大师）的。那些画就是早先的"照片"，当时，肖像画是为了留影，人家花钱雇你画像，你的最高成就就是把人家画得像他和她，你绝不能将这家的夫君画成邻人的丈夫——莫笑，本人还真能达到这个水准！

再将话题拉回到"灵感"。不需要用灵感画画的例子中国也有，比如给皇帝老子画肖像画就是绝对不需要灵感和机智的：

电视剧《大将军司马懿——虎啸龙吟》里魏王曹睿勒令一群画师给他已经冤枉死了的母亲画"还魂像",你只要画得和他记忆中的不像,就立马被拉出去杀掉!那种刀口下的画作,还需要灵感吗?还敢有神来之笔吗?

想来想去,靠天上掉下的诱因成画,将偶发的感觉、感触像抓拍那样迅速地、迫不及待地、此时不画就魂不守舍地画下来的那种画法,还非依仗"文人画"的"画家"不可哩!"文人画"的"画家"是带引号的画者,他们本就是非职业的,他们充其量是自学成才的画雏儿,但他们是苏东坡、是八大山人、是徐疯子(徐渭)、是罗聘……是我的本家齐白石——至于齐白石究竟是个画师还是个文人,我正在边模仿、边琢磨着,但我敢基本断定:他一定是"文人画"的画者之一。

八 金葫芦、宝岁月 / 2018年1月12日

刚写下那个日期(2018)的时候脑门一阵凉意——糟了,又过了一个年头。

因北京作协金少凡先生的一篇童话《金葫芦》的灵感,我

打开了画摊小牛卖给我的那二十来种牙膏颜料的第三种——金黄色。我用过的第一种颜色是大红色——我用它点了梅花;第二种是紫色,我用它画了竹子(紫竹);其他的是五种墨色——"墨分五色"嘛,我分别用之……恕不赘述。因而,这黄的算是1加1加5之后的第八种吧——对不住,我现在教的学生都是来自五大洲的,总体上算术远不如中国学生,久了,就把俺这个老师原本掌握的高等数学给迅速带进"低等"里了。

"墨分五色"并排列在红、紫之后,让它们分别占据五个位置,这绝不是矫情,是一种态度和信仰,即便你还叫不出它们五个的名字,哪怕它们压根就没有定名,但对于"五色"的真实存在,我坚信之,我信奉之。我想,从徐疯子(渭)到八大,从齐白石到李可染,他们都相信墨绝不仅仅是单一的黑,就仿佛画纸上的白也不总是空白,不是白给——那叫什么"飞白"吧。当然,"黄"也绝不等同于"金"——提示下,这节的主题是"黄金"。

我先从齐白石的分类画册中挑出一幅有葫芦的——它们在"果蔬类"里,然后照着画了,题字曰:"金葫芦、萌年代"。葫芦好画——对于幼年在"五七干校"的家种过葫芦的我来说。

你先画个大圆圈，然后，在大圆圈的头上再画个小圆圈，也就成了——忘了说，老朽葫芦的用途颇多，从头劈成两半可以做两个盛水的瓢（我家原先就用过），当然，幼年的葫芦是可以炒着当菜吃的，但那是现代人的奢侈，我是说，葫芦还是老的、成熟的好，浑身都是宝。

第二幅"金葫芦"的葫芦我是从白石的"画稿卷"的封面上找的"模特"——一个外貌极端不雅的拄杖老人，怀里抱着个大葫芦——一看就是盛酒的。别说，我几笔一勾勒，白石的这个"葫芦僧"就活了——本家的画嘛。然后我将那个葫芦涂成金黄色，并题字曰："金葫芦、宝岁月"。这样，一幅升级版的"白石葫芦僧"就成了。这画画得神似不说（朋友们说的），得意的是那个顺手写的对子："金"对"宝"，"葫芦"对"岁月"——这是"一民老人"在这个岁数上对人生的理解呀！当你五六十岁的时候，你拄着棍（俺的冰球杆），你外观不雅，你脚下蹉跎，但你肩扛的啥？装满岁月宝贵精华的金色葫芦呀！至于，那里面藏的是啥子药？我想，这因人而异吧！

九 从南瓜到倭瓜的"嬗变"——本人追求的就是不像！/ 2018年1月20日

齐白石在他的回忆录里说他画画时追求的是"像与不像""似与不似"之间的那种境界，他的画的确那样，明明是一个南瓜，他只画一半，另一半就由你去想象去吧——湖南人要说，真的是挺任性的哩。

本人由于才步入画界两个来月，又非常急切地企图在一年之中完成并出版第一本"齐天大画集"，所以我必须走捷径，必须像中国发展经济那样"逆袭"和"弯道超车"。我的做法是：第一，在最短的时间内，将古今中外所有名画的代表作都"一揽子"打包，让他们在俺家的"画室"里集结，叫它们全部"集体亮相"；然后呢躺着、候着供本画家"学习"（抄袭）。这路数，和我自打2014年起从楼下卖盗版书的那个"著名书画商人"老杨那里，用最短的时间将古今各类名家的书法作品集子收齐是如出一辙的。不幸的是，老杨2017年初就因为所从事生意"过于低端"，而从小区的过道被强行清除出去了。打那以后，我就像贾平凹"怀念狼"一样想念老杨——听说他被撵走之后已放弃"图书之友"的老本行,在不远的一个"物美超市"里打零工,还托一个仍冒险顽固坚持在本小区练摊的朋友屡次带话来,说想再次会会我这"半个山东老乡",他几年的老主顾。但由于时过境迁各忙各的,俺就一直没再见过他。

有些扯远了,老杨的"事迹"回头再聊,先聊本人画作与齐白石等人(名家们)作品之间的"像"和"不像"。我的原则比纯芝(齐白石的本名)更邪乎——我追求的是比齐白石、徐悲鸿、梵高的"更加不像"——这很难么?太容易啦!想想,你是照着原本就"不像"的画画的,你又是个画雏儿,你的画咋画都不可能完全像齐白石的,那么,"不像"的"再不像"不就是"新不像""又不像"甚至是永远都不像了吗?具体说来:白石画的南瓜是半个,你用他的作品当模本画出来的南瓜顶好顶好的是四分之一个,最差最差的呢?不就成了另外一种果蔬——倭瓜的上乘之作了么!于是呀,新的一幅令后世人津津乐道、顶礼膜拜、百思不得其解的"21世纪新时代横空出世无师自通的绘画大师齐天大"的另一件代表作——"倭瓜"就这么容易地诞生啦!

哇塞!

我骄傲！

十　张大千的画作实在是太高大全了！/ 2018年1月27日

张大千无所不能，张大千的画中包罗万千、集古今各类画法于一身，张大千的境界不可逾越——这是国博"张大千艺术展"的观展心得。不禁有些个沮丧——寻了一大圈后，好容易将本家齐白石认作中国现代绘画的顶峰，仗着一个"齐"姓在朋友圈里自诩为"齐派绘画正宗传人"的我，没过一段饭的功夫，就遇到了上辈人中的一个强劲的对手——百家大姓"张"姓的"大千"，而且，他的画是那么的面面俱到、得心应手、潇洒从容，他的档次，几乎是本人在有限寿命中难以企及的。模仿（抄袭）齐白石的画，将那些小鱼小虾知了刀螂豆瓣瓜秧复制一下、篡改一下，使之再现在纸上，其实并不是件登天的难事——你画得有点意思就可以，反正白石也只求形似嘛。但大千的画不行——大千的画太精细、精美、精明了，他的笔仿佛绣花的针，一针针、一线线……例如临摹敦煌壁画，那般的"正确"，一笔不乱、不虚，那是怎样的一番技能和定力呀！这，本人就压根做不到，也学不来。那么,晚年他那些泼墨画呢?人家的墨是建立在早年精密工笔的功夫上泼的,就好比明白人故意撒泼,是有底气、有分寸的,俺呢?俺是"衰年学画"(白石是"衰年变法"),俺画画第二个月试着泼的那两幅荷花,现在看来,简直就是基本功还不具备就胡来的"撒(瞎)泼作品"!

唉……

十一　这篇《涂鸦心得录》的"人设"是什么 / 2018年2月4日

此次在杭州老家小住有两个重大收获,第一是请一位郝绣娘将本人一幅画作《有家之犬》绣到了白布上面,得到了第一幅"名画刺绣";第二是将从前的"处女画作"——学画不到三个月里画的,在朋友的指导下做成了一个"美篇",这样,它们就有电子版的集子了,集子里共有68幅画,但还不是全部。我打算它们一旦达到200幅,就连同这些《涂鸦心得录》,合在一同,出个真正的纸版本的"齐一民绘画作品集"。

我对《涂鸦心得录》那本书的预想是:第一,它只是第一本。第二,你认为它是绘画集并认为画家是个十分蹩脚的人的话,那么,它立马就能自动转换"身份"——说它自己并不是画作的集子,而是一部文章文字的随笔集,那几万文字之外的,其实都是配图,因而,糟糕的并不是作家,而是那个二流而非专业的"画家";但是,当你极其喜欢其中的一两百幅画作,认为它们有品位、有档次、有个性、有建树、有突破,画家是梵高第二、毕加索第二、达利第二、丰子恺第二、黄永玉第二,甚至是齐白石、齐天大第二的时候——那么想的人是必须有的……那么,尽管你特别讨厌散落其中的那些酸臭不堪、阴阳怪气、不知所云的垃圾文章和文字,它——那部书,也会"自我拯救"地说:"老子是一本画册,是绘画作品,而里面的文字是死皮赖脸插足进来的!叫它们滚蛋!"

以上,就是本人对于这部"话(画)册"的预想和定位,用最时髦的字眼来说,这就是它的"人设"。

十二 我为狗年到来预备的画作 / 2018年2月10日

在画了几幅送别鸡年的画之后,眼下要抓的工作就是为狗年准备几幅作品。第一幅早就有了,就是劳驾杭州五洋假日饭店的刺绣艺术家郝绣娘绣的那幅《有家之犬》。那么第二幅呢？第二幅的"模特"是黄永玉"十二生肖"中那只黑色的一条腿翘着好像是正在撒尿的抽象犬。为表示与"黄犬"相比有所突破，我将那只纯黑犬的肚子留白了，在空白的地方写下了三个字——"狂、狂、狂"，这样一来，黄永玉那条原本漆黑实芯的、毫无生机的狗，在俺老齐的笔下就有了灵气，肚子里便有了内容、内涵和内在，就忽然摇身一变，变成了一只"狂犬"、一只"疯狗"——疯狂的狗，亢奋的狗，新时代无拘无束、奋勇向前、跃跃欲试、上蹿下跳、积极向上，有目标、有追求、有感觉、有向往、有个性、有思想、有冲动……总而言之，它是一条进化了的狗，是一条被赋予了最时尚的AI（人工智能）的dog。一言以蔽之，它，的确是一只"春之犬"（画上题字之一），是希望之犬、奋进之犬……

因担心有人认不出它是条狗，我补上了第二条提款："没人知道：你是条狗"，这是差不多二十年前刚刚进入如火如荼IT时代的一句名言，因为有了它，作为"画家"的我就踏实了，就不再担心有人看不出它是"戌"———一只贺岁犬了。

新时代，就要有新的疯劲和狂妄，有新追求、新梦想、新野心。俺的新梦想就是当一名新杜尚、新毕加索、新齐白石、新八大山人、新徐青藤……这不是绝大多数新艺术追求者的期冀么？这狂劲齐白石有过、徐悲鸿有过、老树（新时代画家）有过，既然你有我有大家有，当然，俺也必须有。

法国那个用一个刚买的小便池充当作品并将其命名为《泉》，从而引发"世纪大轰动"的"艺术家"杜尚说，当代艺术家们的一个重要使命就是充当"中介"——middlemen。对呀，我的这幅"戊戌疯狗"不正是一幅合格的标准"中介画"么——中介啥？中介谁和谁？中介旧的和未来的呀，中介"旧时代"和"新时代"、旧心情和新心情、旧感觉和新感觉、老黄永玉和新黄永玉……以及老狗和新狗、老风格和新风格、肚子里的老货色和新货色、空旷肚子和实芯肚子、有内容和无内容……甚至是儒家和道家、基督和菩萨、非人工智能和人工的智能……这一切用一句话、两句话，甚至是三句话也说不清爽的呀。

祝戊戌年里吾邦不再需要变法，祝狗年中全球鸡犬照旧相闻，祝大自然"狗定理"（两点间直线距离最短）永远正确，祝大家新春万事如意！

十三　毕加索的"春梦"／2018年2月18日，狗年大年初三

"实践出真知"——在你对绘画发生兴趣之后，那些"画论"的书籍在你的眼里也就活泛了起来。其中，非常好的一部，是远人著的《怎样读一幅西方画》，其中有一幅是毕加索的《梦》，画中歪头做梦的，是一个熟睡的少女。于是，我就在普天下华人都在迎接"戊戌"这个狗年的春节里，将《梦》中少女的头取下，"粘贴"（画）到我的宣纸上，然后，从《北京晚报》新春头一期的"墨缘"上搬来了两个篆字的"春"，放到少女头像的一边，这样，一幅"毕加索思春图"——中西合璧的，也就成型了。

从《远人名画论丛》中搬来的第二幅"贺岁图"是孟克名画——一个骷髅头像在荒野中抱着头的《呐喊》。那很好画，和张大千敦煌石窟中临摹的小鬼头像十分相似，不同的是，他在呐喊着——对着现代世界，而敦煌小鬼呢，只是个鬼头鬼脸。我用瓷缸中废弃的残墨，比划孟克的那个小鬼的身姿，刷刷地写意下了他的造型——那效果出奇的好，孟克小鬼儿原本是实笔呆板

的,而我的水墨人形是虚笔灵动的——这就是中国水墨的神奇,仅几下子,那个小鬼的裤腿和裤裆就都仿佛在飘逸着哩。之后,我勾勒了他的脸、他的口、他眼神中的惊恐——那是现当代人对世界骤变标配的焦虑恐惧和忧心。

我的题字就更现代派了:"new era,新呐喊",这又是一个东西字母上的组合。"新时代,新呐喊"——新时代当然要发出新的声音、新的动静、新的喊叫、新的呼唤、新的诉求、新的动议、新的构想啦!鲁迅呐喊完后,人就"伤逝"了;老舍呐喊完后,人就跳湖了。时代在迸发中,人类在出着声,一个时代的音响沉静后,新的时代必然会传出新的回音!

你听:汪汪——汪汪汪!

十四 一到洱海考察民间艺术,俺就打算退出画坛 / 2018年3月3日

踩着寒假末的尾巴,到云南大理洱海一带的白族农村,对当地的民间扎染艺术和民宅上的国画(白族传统)进行了一番实地考察。考察的初步结论是:你压根儿就画不好画——和人家农民画家相比,你并不是天才,天才生在海(洱海)边,长在山(苍)下;或者说,大自然才是真正的画家——大自然画画时用的"画材"是那些白云、那些清水,那云端水边蘸来的特有灵气。

在洱海边的下波溆村,有一位迎面只对看了一眼就立马知道他虽其貌不扬、憨厚无比却是位颇了不起的民间艺人——他是为我们开车的施师傅的"老表"(朋友)。施师傅说他"无师自通",是村里"最棒的画家",而且,还因画画而发了财、致了富。傍晚,为了核实施师傅说的,我到村里遛弯,专门去看"老表"的画。果然,"老表"的画不同凡响、不可思议、不一般,更不简单。在白族村挨家挨户雪白墙面上的幅幅画作中,他的画如出水芙蓉、似锦上鲜花,那灵气、那气韵、那笔锋、那色彩的搭配、那老道、那气度都鹤立鸡群、出泥不染。啥是"泥"?别人的画作也!全村有一百来户人家,有两百栋民居,每栋民居有三四层楼,每层都有一幅国画(这就是大理的"白居"),但在那么多数不清的的画作中,你只要瞥上一眼、你只要匆匆掠过,就能从万画丛中择出"老表"的作品!

我由此想到了齐白石——那个后来作品价值连城的本家,

本来，他不也是一个农村的木匠和画匠么？他曾经也其貌不扬，他曾经也为远近的村民有偿画像。我进而想到，凭我有生之年，自己绝对画不过那位"老表"——他的画即便拿到城里的美院都必定是上乘之作，而且人家还那么年轻，那么……俺咋办？想通了，趁着私自登上"画坛"才不到数月，立马纵身——俺翻跟头跳下去吧！

十五　莫非只有人类才会倒行？/ 2018年3月6日

没想到，画画画出了道理和哲学。我照着八大山人的"模特"画了一只头朝后看的鸡，然后题名曰："倒行"。学院的一位老师提醒我动物是不能倒着行走的，听后，我起初没太在意，后细想一番：是呀，好像从来就没见过一种能够倒着行走的动物，不仅没见过鸡倒着走，狗、马、牛、老虎、大象、狮子这些大个的也没见过；小的呢？昆虫能倒行吗？比如蚊子、苍蝇、臭虫，还有天上飞的，比如蜻蜓、老鹰、天鹅……那些人造的，比如飞机——除了直升机，别的飞机也似乎不会倒行，要想倒行，非把头转过去才行……如此种种。

那么，凭什么人类就能、就会、就可能、就偶尔、就必须倒着走、倒行呢？

莫非，此乃千古谜题？！

十六　我用画说："我是你爸爸！" / 2018年3月11日

近日我比较注重绘画和文学的结合，比如，我用涂鸦表达小说家王朔的两句名言：第一是，"我是流氓，我怕谁？"第二是，"我是你爸爸！"

我从齐白石的画册中找了一只仰着脖子的大鸟，那大鸟的嘴挺尖利而且显得极其傲慢，照着画好后，我写了几个大黑字："我是流氓，我怕谁？"

白石老人画它的翅膀的末梢时，用了两笔写意的一撇一捺，我也照着那么来了两笔，结果效果出奇的好——看似好像燕尾服上两个交叉的"尾巴"，因此，你很容易将这只鸟往一些既傲慢又无知无耻的"大男人"那处联想，而那种人，就是普遍意义上的"流氓"。

为表现："我是你爸爸！"——一个权威者和"被权威者"

之间的关系，我从齐白石那里找来了一只比较横（厉害）的大公鸡——冠子血红血红的那只，把它先在画纸的右边画好，然后，我企图在左边画上一只小雏鸡，小鸡脸向"爸爸鸡"，听它的训斥，但找来找去，发现白石老人画的所有雏鸡竟然都是屁股在右边脸朝左边的——我所说的"所有"是指在我收集的这些本家的画作中——而我又不会创作，没办法，就只有照搬着画一只屁股对着"爸爸"的小鸡，结果是：一只大公鸡恶狠狠地喷着吐沫星子，声嘶力竭、歇斯底里、不容商量地对着他胯下仓皇逃逸姿态的小家伙狂吼道："我是你爸爸！"

十七 我用八大的"白眼"悼李敖 / 2018年3月20日

两天前李敖去世了，我于是又少了一个师傅，而中华民族和中华文化中也同时又"少了一味药"。有人说李敖只会"破"而不会"立"。这，就要辩证地看了：当大家都"立"的时候，那个只"破"并始终如一地"破"的，不就是另外一种"立"吗？我也曾以为"俺师父"只有风格没有内涵，但你回看一下2005年他回大陆时在清华、北大、复旦的那三场"文化狂人演讲"，就会蓦地发现：李敖真如他自己"吹"的，是"五百年来白话第一人"！那口才、那机智、那灵活、那博学，甚至还包括了那深刻，真令人听到耳鸣、看到观止也！别的不说，就说他那口标准脆亮的普通话，在几个小时的演讲中既没口齿不清也无任何语病，显示出绝对的自信和决绝，他演说中那精神抖擞的架势、对现场的准确把控能力和恰到好处的情绪调动，以及同"挑战者"们唇枪舌剑斗智时表现的睿智机警、谈笑自如、化险为夷……这一切都令我这个在讲台上站了十余年的教师自愧不如、钦佩不已。他那高昂的精气神和自信自傲甚至是"自以为是"，或许只有早年在民国的演讲擂台上才能一见！同他的"大师浩气"相比，在高校既当学生又当先生的本人真是感到大开眼界、自惭形秽！

我想，那个"三校告别演讲台"上的李敖，才是真正的他、傲视"群氓"的他、风流倜傥的他、博学多才的他、爱心无垠的他、青春荡漾的他、幽默的他、宽容的他、帅气的他，他的确是中国现当代文人品行（正负都包含）的集大成——他身上有胡适、有鲁迅、有林语堂、有马寅初……是他们魂灵的活灵活现，还有舶来的呢，他身上还有卓别林、莎士比亚、契科夫甚至还有点小布什、特朗普（美国总统）和吉普赛的下里巴人……总之，李敖是个包罗万象的人物，他用"风格"做市场、树品牌，但他的意义绝不仅仅局限于、终止于"风格"——倘若你那么"解"他的"迷"，那你就上了李敖的大当了！

李敖走了，他的"秀"做完了，他带走了人世间独特的一抹靓景，他拿走了中华中庸文化中特别稀缺的一个元素、一味药，尤其是，当我们的文化文明又一次在大繁荣中少人独醒的这个当口——去读他的三千万字的《李敖大全集》吧！那里面绝不会都是"A货"，那是一个巨大的宝石矿山，从其中，你能提炼到的是"李敖魂"。"李敖魂"尽管有点"混"，却是"中华魂"中绝不能没有的！

为了祭奠"师傅"，我从八大山人的画册中找到一只单腿独立、屁股向后、脑袋朝下的黑鸟，它的眼是"八大"独有的"白眼"——那种眼神在说："老子谁都不信，老子天下第一，老子鄙视你，你不喜欢老子，因为老子太骄傲！"——那不正是李敖的眼神吗？尽管他朝你笑的时候嬉皮笑脸、眼神和和美美，但骨子里，李敖的眼光是智者的、傲慢的、孤冷的、唯一的。

画完了那只"八大"的独立且目空一切的黑鸟后，作为私认弟子，我虔诚地写下三个大字："悼李敖"。

十八　为霍金、普希金"造像"时忽然发觉自己的画是"人文画" / 2018年3月25日

霍金去世了，我为他"造像"——用《三联周刊》上他的一张照片做"模特"。我把他的肩膀画斜、手画颤抖、嘴画歪、眼睛画成笑咪咪——这都是他的原貌，唯一夸张了一些的是他的耳朵：我把他的耳朵无意中拉长了，拉的贼长、贼翘，仿佛他把那只无以伦比的巨耳当作天线，在和外太空交谈。

用极其简单的笔墨勾勒出霍金的身形、笑貌外加他的"座驾"——轮椅之后，我发觉，这张画虽简约却绝不简单——我把霍金的"精气神"给复原了，当它平躺在地上时，霍金的小眼透过大镜框在朝我嬉笑……我趁热乎劲，在霍金的头顶上用苍劲的笔体写下四个大字——"时间简史"。谁知那么一写，霍金的表情就一下变严肃了。

从那本《普希金绘画》（漓江出版社出版），我得知普希金也喜欢画画，而且画得不好。他走哪儿画哪儿，专为他结识的追星女子和好哥们画不大成熟的速写，书封皮上那个大家十分熟

悉的普希金标准头像速写似乎就是他本人画的，因此，我也照着画了一幅，三下五除二、喊哩喀喳就画完了，随后，在头像下面用俄语写上"我是普希金"，再补上个汉语的毛笔字签名："俺乃普希金！"于是，一幅半中半俄、半古半今、半土气半洋气的"当代普希金剪影"就大功告成了。

我还为"师傅"李敖——用极其夸张的"洪荒笔锋"——写了四个大字"桀敖不驯"。注意，不是"骜"而是"李敖"的"敖"，那个"敖"字，我模仿了李敖为自己著作签名时书写的样子。还有，我特意将"驯"左边的那个"马"写成了徐悲鸿奔马的架势，尾巴长长的、头高高的，仿佛不服被"驯"，在使劲地挣脱——那，才是地道的"李敖精神"！

霍金、普希金、李敖那些大人物已去，我等后人有的能步其后尘、有的连他们奔跑时蹄子上留下的"青烟"都比不了。本人越活越觉得这世界是"不可逆"的——啥是"不可逆"呢？我的解释，就是差不多而且几乎肯定后代人不比前人优秀，时代也是如此——不见得这一代就注定比前几代合乎情理，人呢，"大师""先知""鬼才"，就好比李敖、霍金、普希金那样的，后人别说拥有，兴许连长成他们的条件和土壤都不复存在了，因而，他们就是绝响、就是尾声，就后无来者，就死一个少一个，一句话，就是"终结者"。

我等唯一可做的就是多读书、多了解，从书里的"情报"中发掘发现他们的短板短处，把那些他们压根就没做或是想做也做不成的事做做。

就拿李敖来说，论吹牛、论博学、论事迹（人家做过大牢）、论风骨风光风范甚至论情场上的"软硬功夫"，我等都不是他的对手，但我发现一点——李敖恰巧压根就不会画画！而且，他的大字小字竟然还没有俺老齐的好嘞——这不就够啦！普希金也一样，普希金画过的所有作品都在《普希金绘画》中展示着——那显然是稚嫩的嘛！至于霍金——等我去读读那本《时间简史》后再告诉你。

从海淀老年大学分校的花鸟班（本周上的是第二次课）上，我明白：在绘画上我是永久性的比不过班上那些平均年逾六旬的俺的那些同学们了。他们作品的程度之高，不懂的，一眼就会错认为赛过齐白石，但再看一眼后，才知道离我本家十万九千里。即便如此，为了能和他们继续同学下去，老齐我必须另辟蹊径、另立山头、另起炉灶、另想法子，我必须"弯道超车""逆袭",将他们赶超过去!

子曰:"名不正、言不顺。"我眼下急需做的就是为自己的画"正名"——它们必须同前人的一切"派",啥"欧派"呀、"脱亚入欧派"(日式的)呀、"立体派野兽派"呀……截然不同,和传统的国产画派也无瓜葛——想来想去,我想到了一个词语:"人文画",以前也有这么叫的么?得去搜查一下。

"人文画"不完全是"文人画"。"文人画"按"老大"(老年大学)孙老师的说法,就是从苏东坡的画作起始一直到"老大"同学们擅长的花鸟画,而那花鸟尽管也是本人所爱,却绝对不是全部。例如,俺那三幅"二金"(霍金和普希金)的"招魂像",它们是花鸟画吗?我把悲鸿奔马的精神用到"桀骜不驯"上,将绘画的笔法用于汉字书写,让那个"驯"四蹄翻飞——这,岂能用"文人画""学者画"的概念包括得了?!"文人"只是"文人",是"识文断字的人",是"学者",并不是所有的"文人"都具备人文精神、人文关怀、人文品格、人文气质!人文主义者一定是文人,具备那些气质、关怀、品格的人一定会多读书,但文人不见得都能过渡为人文主义者,即便读书多的也不见得都能升腾为具备人文精神的人,兴许还是个麻木的"呆人",好像李敖说过的一句话就是这个意思,他说:"我平生最看不起书呆子,我就是孔子!"

俺呢,我老齐哪里都不如李敖,但在画画上,也就比他能多甩两把刷子!

十九 小贩卖给我的"棺材画" / 2018年4月1日

拗不过一个街头面熟小贩的围追堵截、埋伏、守株待兔和一再诚恳的劝诱,我从他那里花几百元买了他从四川弄来的两幅"棺材画"和一个旧算盘,它们被他(卖我之前)和我(买了之后)用一个坚实的垃圾袋拎着上街、拽着过市,一直运送到我那间"字画工作室"。我打开垃圾袋,将它们取出,像吊(动词)死鬼一样悬挂到书橱的一个把手上面,然后仔细端详——本"收藏家"要鉴定真伪!

它们的作者都是清代的御用画师,一位是董邦达,另一位是丁观鹏,这已经让人开始兴奋了,它上面还盖着皇家的大印,有乾隆的亲笔字,有众位自称"臣"的人用馆阁体写的奉承谦虚话,这更让本"收藏家"激动……直到从网上获悉——董、丁二人的画（假如是真的）都千万元起价……妈呀！

其实，作为"收藏家"那一刻，我就开始考虑是否该即刻更换防盗门以及是否需要贷款买个更大、更安全的宅子来安置这两幅"清代名画"，或者举办一个全市最隆重的捐赠仪式——学张伯驹——而因此名垂画史！

棺材画的诱人之处是它上面散发出来的阵阵"腐朽气息"——雪茄一般的、闻着那么的使人昏睡——那一定是这两幅画在"某某人"棺材里暗无天日地期盼光明来临时从棺材主人身体上粘连下来的恶臭；但这气味颇好、极好，它连城的价值预期不就从这股恶臭中来吗？从占至今，哪件占物、陪葬物、没落物是香喷喷的？

然而，捡漏者的兴奋没延续多久，"随葬物"的真实面目就现原形了——我在它的背面发现了一个印有孙中山头像并写有"中华民国"和画作名称的印刷标签，凭之判断这两幅画都是台湾制作的印刷复制品，造假者为了显示它的"棺材相"，肯定不知用什么特殊工艺煞费苦心地在上面增添了一股浓重的卡布奇诺似的"棺木香气"——在那一刻，俺啊，可真服了！

二十　画《步辇图》时我把唐太宗的脸画成了毕加索风格的 / 2018年4月12日

首博的"天路文华——西藏历史文化展"上我用肉眼目睹了唐代阎立本（也有说是宋朝人所画）画的"中国十大名画"之一的《步辇图》后，手痒痒按捺不了，就对照着手机上的"原图"画了起来。看唐人的画，你有种不祥的穿越感。为何说"不祥"？这似乎难以表述，或因那千年的时空太庞大，庞大到突破你的脑壳，而令你困惑、恐慌？而当你用笨拙的、没经过任何训练的手法和架势，企图去临摹千余年前的人物——尤其是当他们的面颊那么的栩栩如生乃至于对你挤眉弄眼时，你的感觉是奇葩的，你的手臂是难以松弛的，再加上用毛笔水墨勾勒时，你需在瞬间，凭手感极其潦草而迅捷地将他们（《步辇图》中的人物）的眉眼、神态、感觉、思想……"唰"地"转移"（从手机屏）到雪白的宣纸上——那几分钟啊，就仿佛你在进行着盗版，你在偷抄答卷，在和上古之人对表，在和笔墨缠绵做爱，在幻觉中，在激情里，在空虚和实在互不相让的壮烈博弈间升华。

三分钟，画成了，它们分别是《步辇图》里的三个重要人物：藏使者、通译、唐太宗。藏使者画完后，我就不敢再看原图了——似乎不特别像，但他与汉人在鼻子、颧骨等处的区别算是捕捉到了。通译就是翻译官。至今日文仍然用"通译"二字表达"口译"。用日文说"通译"说了几十年的本人也曾是个"中日文高级通译"，但到现在才醒悟：感情"通译"是个古老的汉语词汇！

《步辇图》中的这个通译官相貌不佳：尖嘴猴腮外加一脸苦（哭）相——看了就联想到当专职翻译人的卑微命运。眼下每周五本人都去语言大学给高级翻译学院来自中亚和英国的研究生讲"主题汉语讨论"课。我那些学生未来的"人设"难道也是《步辇图》上这个可怜兮兮、瘦骨嶙峋的"通译"么？悲哀呀！

三下五除二，通译就画出来了：脸型没错，瘦不几几、尖嘴猴腮，表情也正确——听喝的么，苦相哭状。但不小心在"加工"眉毛的时候，把原本该不太显眼的右边的眉毛给加粗加黑了——这和他那张卑微的面庞极不搭配。但这是用毛笔涂鸦，你手重手轻都在瞬间的那一下子，没有悔改的余地，在惨白苍白雪白的宣纸上面黑的就是黑的！那墨迹，就好比是落在皑皑白雪上的苍蝇，而且是贼大贼黑的那种。不过，在地板上晾图的时候我又想开了，即便本人笔下的这个通译官的眉毛比《步辇图》上的黑和粗了，那不正好——千年后"新时代"的"高翻"和唐代的比较，难道不该更扬眉吐气吗？

第三幅唐太宗是个彻底的失败，脸没画对。唐太宗的脸是标准中国古画中汉族男人的脸——圆乎乎的没什么棱角，也看不出个性。除了脸不圆滑外，我还把眼睛画"瞎"了，左右完全不对称，而且一个好似侍女的，是个杏核眼——这是咋整的？唐太宗的鼻子也不对，像个大大的问号，而且没有鼻孔。画好后我左看右看前看后看，都觉得这个"唐太宗"的相貌虽然失败了却有些摩登，不知和谁的表情有某种相似性——哦，原来与毕加索的画有些个神似和异曲同工！你想，毕加索后期超现实主义作品中的那些男男女女，哪个不是杏核眼呢？脸也都是圆的嘞！譬如他的代表作《梦》里的那个头歪着的美少妇，还有《玛丽·泰瑞莎的画像》《红色扶手椅中的裸女》中的女主人们，以及他后来那些超现实主义作品上的人脸，无一不是不对称的、错位的、多维度的、神秘莫测的、阴阳黑白相间深不可测的，乃至不想让你看清看透看穿的，那不正好是李世民、是古代封建帝王、是真龙天子的模样么？而龙颜的细节究竟该是咋样？你见过？你看清过吗？

二十一　色盲的我也能当伟大的画家吗？／2018年4月17日

海淀老年大学的孙建中老师在讲台上开始示范调色，他将一些叫"藤黄""曙红""花青"的颜色按需求调呀调，调成另外一些不知名的颜色——而那时刻，就是本人崩溃的瞬间，我才知道，作为色盲（弱）的我的"画途"和本人的"仕途""商途""学途"等"途"相仿，将会是有涯的和有限的，就好比注册一家"有限公司"（只取字面意），还没开呢，就想到了它的"后事处理方法"。

精准地说，本人的色盲历史应起源于出世之前，是爹妈给的。和普天下的色盲人一样，我也经常在"红""绿"二色之间举棋不定，因而，我们这种人搞美术创作时，在手伸向"花青"和"曙红"的那一瞬间，或许会先若有所思，然后犹豫不决、举棋不定，最终，十分果断地选择相反的颜色！

说明：这绝对不妨碍我们开车，本人在北美曾经开过七八万公里的车，敢肯定，那期间，99%甚至更多的红绿灯我是选对了

的。(为了帮助色盲(弱)者,北美好像是最先将红路灯的纯绿色调成了略带些蓝色的花青)

　　本来对基本颜色就犹豫不决,那么,我怎么调配它们呢?调好后的"第三者色调"又会是咋样的呢?在老年大学教室后排就坐,本来就半昏花、半迷糊地遥望孙老师做绘画示范的我,就更加迷惘和彷徨了。我们这种人对于世界的丰富多彩、五彩缤纷的察觉能力无疑是有的,而且,那纷繁世界在会写小说、喜欢观察生活的我的眼里就更变化多端,但搞美术、画画,可不是光止步于感受和被花花世界迷倒、迷住,你们将要去创作出另外一些个纸面画布上的"花花世界"——用精准细分的颜色去展示、展卖,去沽名、去钓誉,去千古留画留名流芳!这些,男女老少谁都可能去做,人格人品也不苛求,连色狼都行,却唯有色盲色弱不成!

　　"色"(sè)在东北话中发shǎi的音,作为一个有半个多世纪丰富"shǎi盲经验",总在"红""绿"之间选择第三种颜色的我,自打上周五老年大学下课,就陷入了习画半年后首次对前途不明、生死难卜的担忧和烦躁。

二十二　水墨蒙娜丽莎 / 2018年4月22日

"天哪！"——当这条留言出现在我将名曰《水墨蒙娜丽莎》的画作发布的"北京作协朋友圈"后，我问老伴："你说，小说家金先生发出的这个'天哪！'的感慨，是褒义的呢？还是嘲笑性的？"

不仅是金先生，老伴在看过我那幅面部十分刚毅的"蒙娜丽莎"之后显然也被恐吓住了，也在反复倒吸着凉气。我对老伴说："你哪懂得现代派艺术，现代艺术讲求怪异和突破，真正的艺术家，哪怕把人脸画得像人类就已经非常保守和不入流了！"

我的上述言论是有着坚实的理论依据的——近半年我看的书几乎全部关乎艺术。20世纪最有影响力的法国实验艺术先锋杜尚对蒙娜丽莎所做的"惊世改造"就是在她的鼻子下面左一撇、右一撇地加上了两瓣胡子，而这回我画蒙娜丽莎时用的是毛笔、是水墨，在临摹她的面部时，我本想也加上去两撇胡须试试效果，但毛笔实在太写意了，她的嘴只用隶书的"之"字尾巴就能搞定，上下还要留白，就没有了画胡子的空隙。

我这幅"戊戌版蒙娜丽莎"的最大创新和看点其实是她的头发——我用书法式的"大手笔"、用墨色的"沧桑苍茫",扫帚般"扫荡"出了她右侧的头发,一气呵成,占面颊的"半边天",显得极其层次分明、浓淡相宜,像极了意大利人毛发的天然成色(黑色);而墨笔刷到最后时的有气无力和参差不齐,正好显示出贵妇人秀发尾部的凌乱和不太精心在意——这真神了!

至于蒙娜丽莎微笑的神秘也表露无遗——有点像"猛男",脸都拉二尺长了,眼神有点狐疑,眼睛也略微斜视,那么多的"非常规要素"叠加在一起,"女神"笑脸上的微笑要想不"神秘"点,那可真是十分不容易的!

二十三 再次走近《王蜀宫妓图》时对"实践出真知"的新感悟 / 2018年4月23日

唐寅的《王蜀宫妓图》十分眼熟,记不得以前在何处见过它的真迹还是复制品,但这次感觉不同,这次我真被它的"美貌"震慑住了——那是在前些天去的故宫武英殿《张伯驹先生诞辰120周年纪念展》上。你在远处就被它的存在吸引,你走近它,你狂拍它，但走到跟前，发现它还不是真迹，是展厅的装饰，真的它在不远处，灯火阑珊的，但，它的确更美。

"实践出真知"在此时又一次灵验了，我从半年前开始毫无目的、毫无方向的涂鸦，涂鸦是动手，动手就要走心，要用眼，要抚摸绘画、贴近绘画，要了解作画的人。其实，无论是瞎涂抹、瞎创作、瞎临摹，画画也只是浅层的意义和目的，更高的是追求"真知"，知啥？知那些前人的、名人的、仙人的作品也！从前看画时没动过手，你难获得真知，真知的获取需通过手勤。"知"就是审美，就是从它们（绘画）的表层透视到它们的技法和魂灵。

其实，万般事物、各门类艺术的认知过程不都是如此吗？你亲自尝试了：你写书、写字，你拍照、作画，哪怕都是懵懂的状态，这些个实践都是对你读书、识字帖、观赏照片、认识美术作品真实价值的不二辅助手段。有了这过程，掌握了这些"手段"，你的眼光、你的审美、你从它们（艺术品）中获取的真谛就会与众不同，就提高了一个档次，在艺术殿堂内你就攀上了一个更高的台阶，形象点，作为观赏者你就羽化而成仙了！

二十四　也说图画中的"味道" / 2018年5月14日

海淀老年大学的孙老师在评论同学们的作品时——我自然还没有达到被评价的水平,也从不敢将涂鸦挂出来在全班面前示众——常使用"有味道""有味儿"作为最高表扬词语。每次被评估的作业最少十几幅,沾"有味儿"边的也就一幅半幅。比如有人画了一条鱼,鱼的左半身有味儿,右半身没味儿;或者鱼头有味儿,鱼尾巴画大了、不成比例了,连基本的功夫都欠缺,也就甭提有味没味儿了。

自然,鱼放久了也会有味儿的。

我倒是真能随着孙老师的点评发掘出那些为数不多的沾"味儿"的画,而且几乎百分之百的成功。

近来常模仿徐疯子(徐渭)的画——徐渭,就是郑板桥、白石老人都想当一回他的"走狗"的那位——竟然模仿得万分的像。其实,相仿徐渭的画作并非易事:首先,他的特点是诗画字一体,诗不用学,是他写的,画从技术上看也并不太难——"老大"高级班的学员们似乎都能照猫画虎,难就难在画完后要配他的字。他的字比较特别，仿得不像就不是徐渭了，而本人是个仿字高手，因而，哪怕一幅图中他用两种字体写，我也能照着"方子"配两副药（膏药），然后贴上去，自我感觉能以假乱真。

上周，我模仿了徐渭的一幅石头上长草的画，在画上写了两首诗中的一首。即便诗里有若干字不识，还是用（？）的方式标出，然后战战兢兢地上传到"老大同学圈"，算是"交作业"了。正等着群起的攻击和鄙视，没想到圈中的一位蔡兄认出了那是徐疯子的诗和画，不仅热情澎湃地夸了我一两句，还将那两三个（？）字的正解给出了！我受宠若惊后意犹未尽，就顺便用另一张纸将原画中的另外一首诗用另外一种字体写了，再上传，当然，又被夸赞了一番。嘻嘻！

前两天又借着孙老师讲授禽鸟的时机，先仿了黄永玉的两只鹤，然后照着齐白石的画，画了一群母鸡和小鸡（庆祝母亲节）。

最有"味道"的，其实是再过后照齐白石画的另外两只浮在水面上的鸭子（水鸟）"创作"。本家草草几刷子就画了两只黑鸭子的各自一半，外加几道水纹，其他的，都是空白，真正的白，任凭你去想象。但就那几笔漆黑的水墨，就让两种鸭鸭在水中漂浮,游得有滋有味,游得自自在在。

从以上这些朴拙之作显露出的才是孙老师所言之"味道",是画外画,是实中虚,是有中无,是超图像超自然,是技巧之外的诗,是神之笔,要之——是艺术的形而上和真谛!

二十五　一幅"狐狸精"画作的收藏史(小小说)/ 2018年5月26日

画画得太传神了,就能画出"精"来,尤其是画动物。

昨天海淀"老大"(老年大学)上课展示"作业"的时候,蔡兄展示的是他画的一只老狐狸,那只狐狸吃不到头顶上的葡萄,就在心里用四句诗做自我安慰,诗的大意是:我是有耐心的,我要等到那些葡萄酸得透透的,啪啪落到地上,落到我眼皮底下的时候再吃。蔡兄的狐狸画得真是太传神了——从狡猾忧郁的眼睛到深不可测的心思,再到如鸡毛掸子的身子和狐狸尾巴……孙老师点评时,恰巧投影仪出了点故障,有些失真,却正好成全了那条狐狸:只见它的头部被平白无故加上了几道银白色的电光,就连眉毛、眼睛也都放出瘆人的蓝光了。我大声惊呼道:"看,那是狐狸精!"孙老师和同学们都笑了,异口同声说:"还真像!"

课间,一个女同学向蔡兄索要那副"狐狸精",出我意料之外,蔡兄竟然非常爽快地答应了。见女同学手卷"名画"颇为自得的样子,我本能的有些酸意,灵机一动,计上心来,对她说:"要说啊,保管这幅画可不简单,因为它已成精了,半夜三更,它可能会真变成一只狐狸,鬼鬼祟祟地从橱柜里钻出来作法……"见她有些惶恐和狐疑,我接着说:"这种"精"的画也不是不能收藏,关键是收藏者的气场要足够强大,要压得过、镇得住那条"老狐狸",具体的做法,就是健身强体和锤炼意志,最起码要每日练习陈氏或杨氏太极拳,提高自己身上的"气",只有那样,当午夜狐狸显灵的时候,才……"我的话还没说完,那个女同学早已失魂落魄,大叫:"你别再说了!住口!"边叫着边将蔡兄那幅"酸葡萄狐狸画"像丢烫手山芋似的丢给了另外一个同学,她死活都不要了。

再次下课时,我觉得玩笑开大了,破坏了别人的收藏雅兴,就向那位女同学道歉,说我说画能变成精半夜三更出来闹事是开玩笑,你可千万甭当真噢,你还是把那副完美的动物画要回来放家里吧,没想我刚开口,她就连忙拦住我,说:"你再别提那条狐狸了,我真非常害怕……"

我于是,就不敢再提了。

真可惜,葡萄倒是熟透不酸了,也从藤上掉下来了,可俺,也没吃着呀!

二十六 我画的肖像画 / 2018年6月10日

再过两天,美国总统特朗普就要和朝鲜的金正恩委员长在新加坡举行"特金会"。而我,早在大约两三个月之前,就分别为他们二位勾勒了一幅水墨的画像,画好后,还将两张像平行摆放着拍照发到了朋友圈。甭说,我的那幅金正恩的速写画得真是传神,而那幅特朗普的却显得年轻了些。委员长的那幅画,是他第一次来中国的时候画的,画好后起初不敢上传,只供同学朋友们"内部欣赏",后来随着朝韩关系融冰,金委员长的国际形象越来越开放大度,人看似也挺有幽默感的,我也就不再惧怕展示他的肖像画了。

有幽默感就好办,就不会对我量身打造的漫画无比愤怒。画幽默画的人要有素质，观者也相应的要有品味。

我的肖像画不知因何，不管咋画，别人看了都说是漫画。就比如昨天照着孙老师课堂示范画的那只大公鸡，孙老师的公鸡和真的一样英姿挺拔，我的呢却张牙舞爪，前腿蹬、后腿弓的有点像拿破仑，没法子，将之命名为《法兰西精神》——高卢大公鸡嘛！

我的肖像画一般都是为热点新闻人物画的，比如霍金去世的时候，我画了一张轮椅上的他，很像，因为他的相貌和身体姿态特征显著；再比如，昨日，我为目前处在全中国"新闻舆论风暴眼"中的崔永元画了张漫画，头一张失败了，谁都不像，连性别都有点含糊，就命名为"人物"，第二张成功了，尤其是眉眼处。画好后我不直接标注姓名，只是在画的下面用墨笔题上"实话实说"（他主持节目时电视栏目的名称）四个大字，那也算是他的名片。

哦，想起来了，还画了一些作家的肖像，比如狄更斯、夏洛蒂·勃朗特，还有鲁迅的。狄更斯的那张比较好画，除了大鼻子，只要让他脑壳后面有一撮"无端的头发"就行。至于女作家勃朗特的那幅就颇具争议性，有位"绣娘"看了后大惊，从杭州发来抗议的短信,说我把人物的眉毛上下颠倒了,不符合生理规律,我笑曰:"女作家的气质仪表就是与凡人不同嘛!"鲁迅的那幅眉眼都极其对,但因兴致过高后失手,将耳朵的方位摆错了,太朝里,索性就在脸的外环又补上了一个,变成了"双耳",即便命名为"兼听者明"也似乎不妥,是对偶像的冒犯,于是,就名之曰:"是个人物!"有人看了,说太像了!我问像谁?鲁迅呗!

那些再早的哲人、文人们,如庄子、李白之流,是最好画的,你咋画都行呀!上古之人的形象是可任意胡思乱想的。我任教的北京语言大学有两座先贤的立像,一个是孔子的,另一个是老子的,我看两人长得一模一样,而且都是胖子,区别是:孔子的像矗立在图书馆的正前面,显得"政治正确";老子的呢,在东门右手的小树林里,玩"躲猫猫"。

甭看俺画的这些肖像画有些个萌,也有点子糙,但我敢向任何人保证,老齐的肖像画是世间独一无二的。其一,是因俺"书法家出身"的身世,哪怕画不行,只要我用和每幅画人物特征极其相配的字体提上几个大字,就能与众不同。比如崔永元的那幅,四个字占的面积,就不比人脸小。我见过美术专家们画的人物素描画，一般他们不大会使用毛笔，而且他们的字也不行。其二，我用的纸是生宣，按孙老师的说法，在生宣上画画太容易走样，连他都没把握在生宣纸上画人物，而我却敢，一来我从没在熟宣上画过，二来，我偏偏想找找用飞墨勾勒人物嘴脸的那种快感！

准确抓住人脸部的特征，是成功画好"飞龙走蛇人物画"的关键。最好画的是头发，倘若谁头型特别——比如画特朗普的"战斗机大背头"和鲁迅的"悬崖峭壁式"——就容易。其次是脸型，脸是圆的、方的、歪的，你抓住了这些，就朝"像"又近了一步。还有，就是我始终迷茫、迷惑、迷恋的人脸上那些器官的特征和排列组合，认清它们，无疑是整个"人脸塑造工程"的"密匙"。

其实全世界七十多亿个人物，从面部区别彼此的，就是那几个"部件"——两叶眉、两只眼、一个鼻子、一个嘴巴——的七十亿种不同的微妙组合，它们就仿佛那二维码，看似每一个图面都那么近似，但我们偏能在那么微小的差异面前，仅用肉眼就能分出他和你、你和他、他和他，当然，还有她和她。细想，其实我们这些个"高级物种"打从来到世界的那天起，就具备一种识别人脸的超级本事,而且,这种本事似乎只作用于人类——即同一物种之间。你不信,对异类,比如一只鸡和另外一只鸡的相貌究竟有何不同,你我就吃不太准,吃得太准了,你就不是人、是鸡了,但我敢断言:一只鸡和另外一只鸡,对彼此脸部的识别能力是优于你我的。

人的眼睛其实都差不太多,只不过有大有小、有黑有蓝;鼻子不用说,大点小点而已;嘴嘛,普天下的也没什么二致。但注意,决定你我命运的并不是这些"部件"独自的成色和结构,而是它们几个之间的关系以及排列组合,安排好了,她就是范冰冰;安排不好,你就是冯小刚……呵呵,又要跑题了!

二十七 那些鬼才大师们 / 2018年6月13日

昨日在班上,课间一个东南亚学生展示她书法课上的习作,作为教师我先说:"真好!"又想到我也有作品呀,就打开手机上的"美篇",给学生们展示我的涂鸦画作。当一张张漫画徐徐打开后,有的学生就笑翻了,一个日本学生看到我画的日本19世纪画家葛饰北斋的肖像画时,脱口叫出了他的名字——由此,我知道葛饰北斋的确在日本是家喻户晓的画家。

有些大师的画，是出于鬼才之手，葛饰北斋是一个，英国的比亚兹莱是一个，黄永玉又是一个，当然，还有毕加索、达利等人，以前有的不知道、有的没感觉，但开始涂鸦活动之后，戏仿他们的画，有的能仿、好仿，但仅限于仿一张、几张，这些个"鬼才"之所以"鬼"，不在于简单复杂，而在于没有出处，似乎从神灵和天上而来，找不到源头。一般的大师是有源头的，有源头就有根，就容易复制，但我说的"鬼才"们没有，因而，他们千变万化，变得不知从何方而来又朝何方而去，就比如那个连鲁迅都佩服的二十六岁就撒手人寰的比亚兹莱，鲁迅何人？也是半神人吧？连鲁迅都琢磨不透他，我等又能奈何于他？只有顶礼膜拜的份了。他们是孤星和孤岛，他们冤无头债无主，他们是外星人、宇宙神。你看他们的画时唯一想到的就是："这幅画的构思究竟是从哪里来的？"当你似乎搞懂了的时候，下一幅又来了，又是同样的问题，如此反复无穷。

从神秘性来说，比亚兹莱高于葛饰北斋和毕加索，达利呢，则是横空出世！尽管是孤星，他们彼此也有少许联系，比如比亚兹莱的有些画就受日式美的影响。以葛饰北斋为代表的东洋绘画美我以前低估了,那绝对是"神品级"的,将简约的线条美推到了极致,推到了边缘,同时,色彩也同样的干净透彻,仿佛"美的武士道",将创造者和审美者都逼到没有退路了,能想象,出身于中国画又不同于中国画的日本画,像一道海洋上空而来的蓝色闪电,19世纪初在欧洲幽灵般下落的时候,引起了怎样一场美从天外霹雳下凡的瞠目和悸动,甚至是惶恐,于是,欧洲的先锋派们——莫奈、梵高、毕加索、比亚兹莱也不由得仿效,但他们咋仿都显得那么的"东施"和笨拙,由此看来,东方的我们不该自卑,因为从写意和抽象上说的确我们的早于西画。西画太写实了,你看那些欧洲女人的裸体画,看惯了你不觉得,但回头分析——用约翰伯格的《观察之道》(*Ways of Seeing*)的法子——那些个身体雪白的妇女不就像是葛饰北斋春画中的荡妇吗?但哪有北斋的艺术表现力强?

二十八 该不该拜师学画?——一个"老大"的困惑 / 2018年6月20日

在刚过去的端午日,我画了两幅画,但都不理想,我甚至隐约察觉，本人的那点子"天赋"——被至少一两个人说过的——在渐渐离我远去。于是，我将之归咎于在老年大学的观摩。

对于是否该到科班的地方学画，不同人是有不同说法的：陈丹青就批评过"毁人的中国式艺考"，他说西洋画的"神品"之一是梵高的画，尤其是早年的那些接地气的素描，但凡你经过中国式的艺考培训，就再甭想画出梵高的那些貌似不经推敲的"神画"了。梵高的那些画作按我的理解，是原创原发原始的，用的是上天赐予梵高的未经调试的赤子之笔，是他的悟性和纯天然、纯本能画法的完美结合，一旦你经过一个完整流程的科班训练——从素描开始的，那么，你的野性和天性就会被打磨干净，就变成了一个"绘画生产线"上按标准程序制作的"画匠"，总之，你就被"废了"，就永远也画不出"你的画"了。

刚开始在"老大"上课时，我是抱着这种警觉的，后来渐渐就被孙老师画画的魅力给折服，就"掉进去"了，直到上节课听孙老师说："谁都不是你的领路人，你要学会自己引领自己。你们在学校学的都只是一些方法和手段，是一种储备，在你想表现自己、想画自己风格的画的时候，就选择性的应用它们。"（大意）我才感悟到，孙老师的上述言论就是我现在思考的，是在为我解惑，而这种类似的"惑"，不仅我有，别人也有过，比如梵高，比如我最近感兴趣的墨西哥天才女画家佛里达·卡罗（她丈夫是著名画家迭戈·里维拉），他们都是"画中杰"，他们也曾在按部就班和特立独行之间徘徊，再有就是小说家汪曾祺——他的画也是随意之作，是标准的"文人画"，但他的画能用标准的画法推敲吗？假如能，就不是老汪的画了。

用"老大"严谨的画法衡量，连齐白石的画我看都不符合规范，都显得简单粗糙，但是，一旦你真的把齐白石的构思用合规矩的法子画出来，那么，神韵也就没了。

规矩与随意之间似乎存在着一个矛盾。

专业的学习哪怕是业余的，也算是一种被"招安"、被规范。学画不能不从师，但从师能到达的顶峰就是变成第二个老师；跟一位专家研习若干年，哪怕是再有个性和天赋的"画才"，也会变为老师的复制品。这似乎是一个二律背反：你不得不从师，因为你水平低；但从师跟得太紧，你就不再是你了。听，连孙老师都说："文人画的最高境界就是画出自己！"

你说，这可咋办呢？

二十九　涂鸦总数超两百幅的纪念 / 2018年6月29日

昨日在编辑"美篇——我的涂鸦画作——第二辑"时，怎么使劲的往里面插都只能插进去一张图：哦，第二辑的一百幅也完成了——我的画作不知不觉已经超过了两百。

有许多名人的传世名画真迹统共也超不过两百，比如达·芬奇的。当然，你不能和达·芬奇比。你注定会这么说，我当然也这么想。但是，不想当元帅的士兵绝对不是好兵，我想说的是此时此刻我更在意的，是自己的画究竟和别人的有何不同——除了没功底、没基础、没透视、没理论、没……之外，我，总得有点啥吧？

绘画和其他一切艺术类别相似，都是不同的人画出不同的作品，不同作品带有不同人的DNA，这一点，想克服都难。最好的例子就是我们海淀"老大"同班的那位李大姐，她除了画画之外最擅长的是武术，既是散打教练也是太极剑术专家，因此她的烦恼就在于：无论她怎么画、画什么，你怎么看，那画中都有几分格斗的招式和亢奋，比如她画的大公鸡，和别人的公鸡放在一道,别人的公鸡就立马变为母鸡了——李大姐气场太强、太旺盛,她把半辈子起早贪黑练就的那身子功夫都灌注到笔下的公鸡肚子里了!

"我都是一笔一划照老师的画画的,画出来就是这个样子,你说这可咋办呢?"年近七旬的李大姐气宇轩昂地问我。我说:"您就保持您自己的风格,何必非要改呢?"

李大姐的最高目标是在"老大"办一次个展。

呀,个展,多么的诱人。

我幻想,倘若我的这两百幅涂鸦在老年大学的展厅中举办个展,那将是怎样的一个情形,人们的第一个反应肯定会是:这小子一定老是逃课!

去年十月,当我把第一幅涂鸦拿给紫竹院里的装裱师小牛看时——她是介绍我来"老大"的同学——小牛不太好意思使劲批评,慢悠悠地说:"你的画吧,尽管看上去显得挺萌,但下笔倒还是挺果断的……"

我是果断的对、还是果断的错呢?

嘿嘿。

本人绘画的DNA正如我创作的其他形式的"艺术品"(文字

的、摄影的）一样，萌是一定的；其次，或许就是有趣；至于幽不幽默，那要看观赏的人了——由于经历了些"善意的诽谤"，近来我越来越对"幽默"二字起了疑心，比如人类为什么非要幽默，不幽默行还是不行？再比如假使"humor"是必要的、必须的，它一定也是小众的、是另类和例外的。以此推之，就得出老齐我的文字、文章之所以受众者少，不怪别的，就该怪那该死的幽默。这真是个晦气的结论！

幽默——你害老子不浅！

仿佛李大姐非要从她的画中将她独有的风骨剔除是难上加难，我画作里的萌和嬉笑成分也是我永远难以自身消除的一道胎痕，除此以外，更有别的图画中少有的纪实性——俺用涂鸦抹春秋，俺画中有画、画中有话、画中有情景、画中有快乐，要之，俺是：

糊涂僧画糊涂画也！

（2018年8月18日修改完毕）

有点模糊——摄影行知录

一 为啥有点模糊? /2018年4月29日

这篇"行知录"缘起于对罗伯特·卡帕(Robert Capa)所撰《失焦》(广西师范大学出版社2018年第三版)的阅读。《失焦》的英文书名是 *Slightly Out of Focus*,显然,书的译名将那个Slightly(有点、有些、略微)给忽略掉了,我的这篇同样是谈论摄影的小文略微地纠正一下译者的失误,把它定名为"有点模糊"——"模糊"是"失去焦距"的同义词。

直至公元2016年9月,我头一次使用这部华为智能手机之前,本人对摄影照相都持有本能的不可妥协的反感和"战略性的抵触"。原因之一,是我企图只用文字来记录和描绘我所接触和认知的世界,之前我一直死宁地坚信——语言,只有语言,才是这个世界和宇宙的边界。直到2016年,当非智能手机已经无法使我与这个貌似"全智能"的世界保持最基本和谐的时候,我方才使用华为，才用手机上面的镜头记录周边的事情，才开始拍照，然后，每日在微信朋友圈中炫耀自己的"猎物"，于是才有了写这篇"行知录"的可能。

卡帕本是个犹太人，他生在匈牙利，长在美国，作为战地记者，他最终以身殉职——一脚踩在了一个地雷上。我猜想，那一个瞬间，即便他手中的相机正对着作为"猎物"的场景，一个趔趄，镜头必然"轻微、有点、有些"模糊，有些失去焦距，那种感觉，应该和本人在过去的近两年中将手机对着包罗万象、林林总总、轰轰烈烈、花花绿绿的大千世界按下手机"快门"时的那几万个瞬间的感觉是一模一样的。似乎在摄影的世界里，无论什么时候，无论技术手段变为何种——是最原始的相机、是机械的还是数字的相机，是手机还是专业的长枪短炮；拍照者无论是专业的还是业余的——只要是人拍照，只要用你会抖动的手进行操作，只要这个世界的基本面是不清晰的、模糊的，只要这个世界上自然的、动物的、人类的，地上的、天边的、太空的……一切一切都还在分秒必争、只争朝夕、永不停歇地变更着、变革着、变化着，那么，仅仅作为记录、记载的工具和手段之一的拍照和摄像，以及那些照片，都只能或仅能够抓住这个大千世界诸多表象的那么的一点点而已。我想说的是，无论你怎样勤勉、怎样不辞劳苦、怎样煞费苦心地企图用摄影这种视觉艺术形式"关照"这人世以及万物，你最终都会多多少少地"失焦"——你永远把握不住它的实质本质以及核心，或许它压根儿就没有"焦点"和永恒不变的真实！

二 写作缘起之二：想"一条龙"和"杠上开花" / 2018年4月30日

在写过几种不同门类艺术——语言的、文学的、体育的、养鱼的、音乐的、书法的、绘画（涂鸦）的——的习得、欣赏心得录之后，我感觉，即便自己的摄影活动绝对是不入流的——用手机、没接受过任何照相培训，"作品"只发发朋友圈，绝对不会也没资格参加摄影展——但是，我责无旁贷，我必须写一篇摄影心得录：一是继续扩展"游于艺"的门类，看它们能延伸到何处，是否应有、会有疆界——伴随着本人肉身存在时间的延伸，用麻将的话说这叫作"一条龙"，或是"杠上开花"。你在五花八门的艺术（"新六艺"）中体验并将心得记录下来之后，你必须写下一个，你不想写都不行，因为即使是在客观上说你的体验和心得都会与众、与前人不同，就好比是一个尝遍泰餐、印度餐、阿拉伯餐、西餐、日餐，外加中餐各种派系的美食，而且还都能做成几道菜的厨子，他再尝试第N种菜品时，他舌尖上的体味、他做新菜肴的心得、体会和感悟，他的"新成果"注定也必须与那些只会一种菜系的厨子——比如专做咖喱饭的和毕生只会切生鱼片的，哪怕他们是"活宝""国宝"级的"咖喱人"和"鱼片王"——迥然不同，前者的体会肯定会更有新意，注定该惊世骇俗，绝对应写下道出，留于后世后人，供他们玩味借鉴。

何况，摄影和我从前玩味的那些东西都少不了联系，比如说体能——拍照片的人首先要四条腿勤快，要能跑路，即便不开车，俺的"11路汽车"能马不停蹄地四处瞎跑乱窜；再比如绘画和摄影（本人的绘画史不长，涂鸦的水平一般，心得录却已写了一大堆，且仍在进行中），绘画的"核心技术"和摄像在构图上是相通的，难于想象，一个对绘画全然没有感觉的人在拍照的那一片刻是咋样构图的，那是一种训练、一种本能、一种素养。理论理解容易，素养难于养成。

书法、音乐与拍照的联系，我还没有想通，但你在拍黑白分明的照片时，脑际中水墨画的幻觉和影像还是会有的。至于音乐，它是听觉艺术，但听音乐尤其是抽象的交响乐时，你也必须要"构图"——从"无"中找"有"、生"有"，难于想象一个生来的盲人，怎么在乐声响起时勾勒他眼前的画面，因而，音乐上的情趣和心得对视觉艺术的摄影也不可或缺。再有也是最最重要的，是文学的积淀，已经写完五百多万字所谓"文学作品"的本人在这方面的经验绝不算缺乏，这种经验不用到摄影上则已，用了就是杀手锏，就能一剑封喉。文学门类中小说写作的要素是什么？情节也！故事感也！叙事也！这都是我等玩熟悉了、玩腻烦了的东西，而拍照呢？尤其是微信上传图片的那九个位置，搞好了，九个画面刚好够一个小故事的起承转合。还有，你在对准拍摄对象的那一瞬间，你脑子空空？你没有想表达、想说、想"呐喊"的？这都需要"情节意识"，都要有"故事感"，在那个时刻，其实作家和摄影家的界线就变得模糊了，都"有话想说""有故事想讲"，前者用笔，后者用镜头；前者是书写艺术，后者是视觉艺术。但注意，由于汉字本身源于象形的图画，因而汉字的写作与视觉艺术天然就相互交汇。

我最佩服的那个卡帕，以一本名叫《失焦》的书，用文字艺术和视觉艺术最佳的结合方法将本人折服——他的小说笔法（即便是非虚构的）足以获得"天大文学奖"（由本人私立私授），他在第二次世界大战中混在士兵中（也身着军装）拍的那些照片，即便使用的相机远不如今人的手机，但"情节"是北非战场的、诺曼底登陆的、解放巴黎的，这些都是摄影史上的极品、绝品。就是《失焦》那本书诱发了这篇小文的写作，它变为了我想要挑战的对象，我想用镜头展现平庸的当代人生活，配上还过得去的文字，做成一个出自今人之手的"图文配"——一篇文字、摄影先"风流"后"孕育"然后再"生产"的《有点模糊》！

三　和日本人、犹太人相比，本人摄影有几个"比较优势" / 2018年5月12日

作为一个中国人的本人的摄影作品该怎样定位和命名？在画界，有"文人画"一说，这自打苏东坡时代就有了，但遗憾苏子没有照相机，更没有手机、智能手机，以及4G或者5G的技术，但俺、俺们却有。

一年半以来，自打破天荒地，我将书写文字的手不太吃力地

对着偶然晴朗、大部分时候浑浊不堪的（今天也是）天空和景物按下"快门"的那一时起，我的脑子也在不停地思考：我思考我拍的东西是不是东西，如果是，是"东"还是"西"呢？首先我不能俗气，但当全世界的一半人都把每日三餐中的一盘菜拍下来然后发出去的时候，你加入了，从人数上说，你必定是俗的、大众的。但我却不甘心。我于是从理论上开拓，我读了一些书，比如日本摄影大师荒木经惟、森林大道的，比如犹太人军旅摄影师罗伯特·卡帕的《失焦》，比如犹太人本雅明的《摄影小史》。

荒木经惟的作品集翻看了。惊异于那个日本人三岛由纪夫（当代作家）似的疯魔——他竟将镜头对准了他亡妻的脸颊！这是走火入魔、武士道切腹自杀般的"艺术行为"；还有森林大道，他是个城市摄影的狂人，在东京的银座大街走一趟就至少要拍光几个胶卷，而且见啥拍啥。这似乎并不可取。卡帕的《失焦》我服，但要成为他那样的，要先从军入伍，我来不及了。本雅明同样有犹太人的聪慧，《机械复制时代的艺术作品》《摄影小史》《绘画与摄影》几篇短文是经典中的经典，第一篇很早就读过，从事手机摄影之后再读，还是有滋有味，但挑剔一下本雅明的缺点——不如我的，就是他本人并不会摄影，也不会画画。

总结以上：日本人的疯劲儿俺们华人没有；犹太人的绝顶聪明，我等略输一筹。但两位东瀛大师们没有的我或许有，比如他们没有文采，没有写出像样的文章，更不要说小说——这个我能、俺有作品；那两个犹太人的优点自不用说，缺点是一个不会画画（卡帕），一个不会拍照片（本雅明），而且，他们都死于非命——死时，都短于本人现在的寿数。

我还有一个"外援"，就是中国有"文人画"的传统。本人不才，涂鸦已有近一年的光景，心得也是有的。综合上述之后，我的公式、我的"理论依据"和"比较竞争优势"——用于写与他们两个种族不同的摄影文章的——就可大致罗列如下：是中国文人，生活于4G、5G新时代，画过水墨画，会写大字，外加活得不长也不短——甭小看，这是见识和经历的体现也！

那么，是否能将文人的摄影作品命名为"文人摄影"呢？或许能。

四 北语校园日，有两个镜头竟没能捕捉到 / 2018年5月21日

有经验的人说："摄影就是一门遗憾的艺术。"这遗憾，往

往来自那一个瞬间：那时刻，你发现了"猎物"，你想拔枪，但枪里没有子弹，于是，让它跑了——所谓的"转瞬即逝"，说的就是这个。

　　昨日，语言大学国际文化节上，我满操场地捕捉镜头，该拍的都拍了，但落下了两个：一个是当校领导宣布2018年文化节开幕后舞台上一团烟雾"腾"的喷发开来的那一时刻，我迅速"拔枪"——掏手机，但第一次解锁未成，第二次又未成，第三次成了，抬头看时，只有天空中升起的繁星般的气球，但舞台上的那几缕喷发的烟雾早已不见了。于是我懊悔万分！第二个瞬间绝对应该是全场最应该被抓到的镜头：一个身披白袍、头盘雪白头巾的阿拉伯瘦高青年——他像沙漠大侠——正和一个中国高大威猛的警察叔叔用手机微笑着一起自拍合影，只见阿拉伯学生白色身姿像根洁白的竹竿朝着树桩样结实的中国武士的方向靠拢，跨国的友谊、和平与秩序的维系者、警察与侠客、沙漠装束与现代戎装、白与灰……这个可做无数种阐释与解读的画面恰恰就冤枉地牺牲在我的手、脑的不协调，手机的密码解不开的那一个倒霉的时刻，当我再想拍时，他二人已各奔西东，沙丘的骆驼骑士和中国武士已各自回归自己的岗位……因而，我再一次气急败坏。

由于错过了那两个最有记录价值的瞬间，带枪了，子弹却没打出去；带网了，鱼来了时恰没有张开，因此，其余的，哪怕校园里有那么多值得记载的、情意缠绵的美妙瞬间，有再多的由全世界各类民族服饰和千百种灿烂笑脸构成的精美的画面，我都再提不起精神，草草逃离了拍照战场。

拍照如士兵在战场上过关斩将，当你错过了那一两颗最值得取的"项上人头"和送到你眼睫毛前的"囊中之物"之后，哪怕后续来的目标（Target）再百般诱惑，你都无心恋战。

当了一年多"手机新闻记者"的本人，目前的水平虽不算高（也无人帮助论证），但我有一点是很自信的，说是"盲目自信"也可以，就是在一个该用镜头记录的"故事"（Event 事件）中，假如应有千百个分镜头，哪一个是那个最最值得记录、抓拍下的镜头，我绝对能感知到，也有九成的把握。至于最终能否捕捉到那个镜头，就要靠"技术性要素"的支撑了，比如手机在不在手边，能否在亢奋慌乱中理智清晰地用手指解锁，打开手机镜头后手机里还有没有装进新照片的空间……诸如此类。

我想到了卡帕的那张成名作《临死前的士兵》（Falling

soldier），那幅图像拍摄于西班牙内战，有人说那是摆拍的，假如它是真实的，和我的所有没摆拍过的照片一样，如果在子弹打到奔跑着的士兵身上的那一刻，卡帕的相机镜头盖没打开，或是里面的胶卷用光了……我不敢再想了，我敢确定的是：他拍得了那张举世闻名的照片之后最担心的就是那幅"死亡照片"究竟拍到了没有，显影过程会不会出问题，等等。卡帕还真遇到过技术处理上的梦魇，当他拼死拼活地随着诺曼底登陆的队伍爬上了海岸，将用命换来的106幅照片的底片交给一个激动的、紧张万分的技师显影时，由于那个技师的操作失误，最终冲洗出来的照片只有8张——那可是整个诺曼底登陆战役中唯一一个随军登陆记者的"战果"呀！

技术呀，技术！

失误呀，失误！

昨天，在抓拍各国留学生举着花色各异的国旗、身着全世界各类彩旗般花枝招展的民族服装、喜气洋洋地排队游行的画面时，我的手因为激动——多久没见过群众大游行的场面啦！最后一次还是2003年在法国巴黎——也和卡帕身着美军大兵戎装从登陆艇上冒着枪林弹雨朝岸上边冲锋边按快门换胶卷的时候一样不停地颤抖,回家后,我仔细盘点大游行那二十分钟抓拍到的二三十张图片,发现他们都仿佛是法国印象派画家莫奈的作品——几分的模糊、几分的流离,焦距流离呀!Slightly out of focus!

五 和大师找差距——中国照相馆照相记 / 2018年5月27日 星期日

今天,带着家人去王府井的"中国照相馆"去拍珍珠婚纪念照。三十年前就去拍过一张。三十年后,"中国照相馆"从马路西边搬到了马路东边,今天为我们拍照的那位"大师"是1989年,即二十九年前来"中国照相馆"照相的,上次我们来照相的时候他还没有来,刚好错过了一年。

这位"大师"从长相气质、做派风格各个方面都与众不同,像个标准的艺术范儿,当你们摆好姿势,他用各种手段撩拨起你们的情绪,就在你自己也觉得自己就是那个十分上相的影视明星的那一瞬间,只听大师狂喊一声:"行!"再一声:"行!"接着还是:"行!"随着他的叫声,他的那位照相机后面的助手,就像"砰砰砰"扣动扳机似的，踩着大师的"行"的点儿，分秒不差地按下了三次快门，也就是说，那个"行"字就是大师宣布他以为你最上相的那个瞬间，而他的指令在空气中电波似的发出后，助手的手也要闻声而动，及时地将你最精彩的画面拍下，因而，就形成了这样一个"行为链条"：1. 他逗你；2. 你使劲把笑意挤出；3. 他见机喊"行"！4. "行"字在空中像子弹一样飞翔；5. 助手及时捕捉到那个"行"字，同时刻不容缓地按下快门。这才是头一张，然后是第二、三、四张，同样的循环模式，然后是："好了！"拍照过程完毕。

由于有过一年多的业余摄影经验，我带着"二师"的心思和眼睛，使劲学习和观摩分处两间"大师摄影室"、像电影导演或摄像师那样手舞足蹈、情绪激动、声情并茂为一拨拨客人照相的两位"大师"的工作状态。利用这个花了不菲的代价换取的学习机会，我想知道的有许多，归纳起来就是：究竟业余摄影师和专业摄影师的区别何在。有一点我是知道的，就是业余的手机摄影者是抓拍而不是摆拍的，我绝不可能让紫竹院公园里散步的灰鸽子们——我常拍它们——先照我说的规矩坐好，然后逗它们，再抓住最满意上相、有代表性的一刹那，大吼一声："行！"兴许第一声还凑合,但第二、第三声"行"却肯定不行!

其次,我很想知道是哪一个瞬间我的表情让那位大师心潮澎湃并本能发出"行"的指令。自从19世纪中叶,摄影这种革命性的记录手段问世之后,"那一时刻"(that moment)就是所有拍摄者的"心动时刻",它如同天空里的飞鸿,它惊鸿一瞥、灵光乍现,它来如影、去如风,它说来就来、说走就走,它仿佛是红蜻蜓,也像是黑老鹰……

作为一个"摄影人",我在"职业性地"配合着大师——当我迅速地摸清他的套路之后,我的脸朝左偏、向右拧,我的眼睛玩命发出能蛊惑人的、有神采和魅力的光,同时,我掐算、预判他在哪个关头会喊"行"。我的职业性果然对判定有所帮助,大部分我感觉他该呼叫的时刻,他都按我心中的指令呼叫了,选相片时电脑上的结果证实了这一点,但还是有一张我紧闭眼睛的,那是何故?按"大师"的水平,绝不可能认定我的闭眼照就是本人能向世人展现的最佳形象,一定是助手的问题——他动手迟了;假如不是助手的错,就是"行"字口令的传播媒介,是那空气的纯度出了问题!但今天是个晴天,室内外都没有雾霾呀!

我们的珍珠婚纪念照拍照活动在留下若干张满意照片的结果

中顺利地结束了。再拍下一个十年照时,这位"大师"老弟也会像我一样退休、衰老,但王府井大街的这家曾给许多位开国领袖和千家万户百姓留下标准像的"中国照相馆"却注定还会在,和三十年前一样,它始终不会太火,但它记录下来的或许就是不红不火的、真实的岁月和时光。

六 黑与白——黑白照片的尝试 / 2018年6月4日

似乎,这个世界本来就黑白界线不明,有时候白的能变成黑的,反之,黑的也会恍惚间白了起来。这是题外必须一提的。

在两三周前的某一天,我的"武器"——手机上的相机镜头模糊了,我调试时,无意间发觉我的相机上还有多种成像模式可供选择,比如能进行黑白、彩色底色的颠倒互换,于是因祸得福,我就尝试着切换了。我先切换的是一张紫竹院一群心比天高、技比纸薄但任何时候都自信满满地搂抱着跳舞的中老年男女的照片,那些人你用彩色的时候,他们都色彩缤纷的;但当你转成黑白的底色,被拍下来的他们顿时就变成了剪影,就像是黑灯瞎火中不三不四、偷偷摸摸搂搂抱抱的坏男和坏女;接着,你再试试"硬黑",由于黑白对比度更高,那些人的舞姿就仿佛时空雕刻机上被加工成的铁画,冷凝了,法兰(工艺)了,变成"燕京八绝"里的花丝镶嵌或是景泰蓝。

另外我发现,当你在朋友圈九张照片的布局上,将照片黑白、彩色、黑白、彩色、黑白……混合着搭配使用——注意,要相似的两种挨着排放——会产生一种强烈的、时光穿越的感觉。

我的记忆中电视荧屏上色彩的显示——彩电问世——是20世纪70年代,精确地说是公元1976年伟大领袖毛主席去世的那一年,在他老人家的追悼会上,年幼的我们在电视屏幕上第一次见到了深绿色(绿军装军人排队默哀)和大红色(红卫兵红小兵的臂章)。

虽然已有了彩电,但那年头,刚刚含羞问世的国产彩电的颜色还不太细化,一眼看去傻傻的,电视画面是惨红和鸡屎绿的集成,而恰好本人是红绿间歇性色盲,在人堆里垫脚探头瞅电视(彩电是稀罕物,公共场合才有)的感觉就好比远眺法国印象主义、达达主义或是野兽派的画展。

往事越多年(仿毛主席诗词句)!而今,我们的生活被细化、被精准、精确、精致化了,我们的国产电视早就色泽分明,而且也早无"彩电"的称呼,于是,我们,尤其是我,就本能的想返祖，就特别喜欢褪色，褪到没红没绿、没粉没蓝，一直褪到黑与白，甚至到见棱见角的硬黑。

由此说，当我在手机上随便一拨弄，将原图切换至黑白的那一瞬间，我们的"时间倒退"了整整42个年头（2018年减去1976年）！

七 昨天，我追着彩云狂拍 / 2018年6月28日

今晨再看天空时已经没云彩了，于是放了心——本人昨天（6月27日）从早到晚奔波一天拍到的那些云彩，或许，甚至可以肯定，就是今年最美丽的云彩，尤其是日头就要落山的那一时刻的，当时我已回到家中，慌乱地为"子弹"打光了的手机（只剩3%的电了）充电，眼看着窗外彤红的日头一寸寸下落、周边的彩云一点点变暗，却苦于拿不起"武器"——手机不给力，在慢悠悠地充着。后来我灵机一动，先关机，再重启，手机恢复到能拍摄的状态，将手伸出窗外，终于，我在那本年度最美的落日立马就要跳下她已演出了一整日的舞台的前两分钟捕捉到了她的就要卸妆了的脸，那一抹橘红色的彩霞，仿佛一团孔雀背上的羽毛，都"在劫难逃"地收录到我的"家伙"里了。

晚上八九点钟，当我再次来到楼下和邻里"开会"（聊天）时，我们举头看天空，还能看到云南大理棉絮般的白云，它们还在帮我复习着白天的风采，甚至在云头缝隙间还能见到点点繁星——上次见到头顶上有星星的北京夜空是在看革命样板戏的年代了吧。我于是更坚定地认定：我从长安街的军博到紫竹桥的香格里拉饭店，再到紫竹院、首体，再回到复兴门，这一路走一路抓拍到的那些一整天不同时段里千姿百态的云是近些年绝无仅有的，为拍它们，耗用了我一整单元的手机电池，加起来也有几十张了吧，我担保它们每一张都是一幅油画——两位朋友（一个在美国、一个在北京）在朋友圈中看完后都那么说。因此我自足，由之我窃喜，我满足于没有辜负大自然对这个被雾霾侵扰的城市偶尔的、瞬时的眷顾——不经意间送你一个七彩云南的美丽日——我将之收藏了，我窃喜我不像那些整日在办公室中不见天日作息的工作者们，我可以在上苍把最彩色的日子显摆到北京人眼皮底下的那一日马不停蹄，我跑了，我拍了，我拍到了。于是，老天爷用画笔涂鸦水彩画的昨天，就变成我的今天的美丽的财富，当这些图片哪天能出版发行的时候，它也是大家的美好明天了。

（2018年8月15日修改完）

第四部分 秀出行

马来西亚、新加坡语言现象小考

2017年8月3日　星期四

7月25日至31日的一路"小跑",把两个南洋国家走马观花了一番,其中能用图像记录的都在朋友圈发照片了,但唯有语言的那些零零碎碎,照片是照不出来的。

"Test one two three"精通五种语言的马来西亚导游阿强——一个将头发用发胶固定成一块黑色魔方的帅小伙——每次拿起话筒的时候都说一声"test one two three",然后才用华语(普通话)开说,我问他你为啥那样子说?他说:"你不是会英文吗?我在说test one two three呀!"我琢磨下,明白了,原来他每次拿话筒都固定仪式似的说的这个英文句子,起到了我们平常拿话筒时习惯喊"喂、喂"的作用,是在测试话筒灵还是不灵,只不过在阿强那里,他用的是一个英文句子。不知道用英文做母语的英国人有无这种习惯,反正我在北美的生活经历告诉我,那里是没有的。

广东一带的人有意思,在人名前面惯用个"阿"字,阿强不仅在自己名字前头加上了这么个前缀,就连北京去的全陪王导游王小姐,他也顺嘴称呼为"阿玥"。可王导是咱北京典型的大咧咧的妞,在最后一天她竟把手机都弄丢了。"阿"听上去软软的,挺具备南方人小巧的特点,倘若你把东北大汉、土匪们也"阿、阿"的叫,比如管坐山雕叫"阿山、阿雕",管杨子荣叫"阿荣",说"阿荣一枪击毙阿雕",就显得滑稽了。

说到阿玥丢手机——在险象曾经丛生(金正男在那里遇害)的吉隆坡国际机场——的狼狈相,是可以想见的。导游是啥,是将原本是"乌合之众"的一个团队粘合在一起的那个灵魂人物,是一个旅行团穿针引线的那根针,当针的眼——手机——失踪了,我等团员,有一种被放飞的无着落感,好在后来失而复得——原来阿玥将手机打进了行李箱。而阿玥上次丢手机,是不久前在北京的一个湖边,她的手机掉湖里了,淤泥太深,捞吧,有生命危险,就换新的了。我们都劝身为国际导游的阿玥小姐即便丢手机也要等大家回到北京再丢,或者至少等下一个新型号的机子推出来后再丢。

阿强最令我敬佩的,是年方二八(真的二十八岁)的他说自己会五种语言——华语(普通话)、马来语、英文、广东话、客家话。阿强的华语除了总爱夹带个习惯用语"这样子似"之外毫无问题,但我注意到,当阿强在清点人数的时候,是用广东话数数的:"呀,伊,桑,塞……"按本人在拙著《妈妈的舌头——我学习语言的心得》中的理论,广东话才算是他真正的母语——二十多年前我就发现,操多种语言的人在数数和做梦时是只用母语的。果然没错,我问阿强他思考问题时用什么语,他想了想,说还是用广东话。他的爷爷的爸爸是广东人,是乘猪仔船来南洋的。从阿强那满脸阳光的拙朴表情上,我们能解读出传统意义上的"华侨"的含义,这似乎和新加坡的华人有微妙的不同。

说回阿强的那个语病"这样子似",当然,这个"似"是"是"没发音准确的结果。每当阿强说一段过长的话,在马上要换气的时候,都夹杂着这么一个小零碎,我提醒阿强,他先憨笑下,说:"可能是我的语病吧!"语病谁都有,比如,多年前我公司原来有位老兄总爱在想不清什么情况的时候,说一个"这个事情",还有,加拿大人总爱在句尾巴上加上个"欸!"——这是你判断加拿大人、美国人英语的唯一窍门。再有,说黏着语的日本人总爱在句子尾巴上莫名其妙地加上一个"克雷多摩"的缀子,它本来是转折的连词,可有人转不转折都加,我就发现这是个语病，是个无意义的语缀，是用作倒气息的。

　　阿强的那个"这样子似"等同于日文的"克雷多摩"，也是一个黏着于他上句话与下句话之间的一个语言的"盲肠"，虽说可有可无，但对阿强来说，不用他难受，或许，他本人从没意识到他在说"华语"时有这么个"个人特色"——这只是他个人的一个习惯吗？其他的马来华人是否也有？再有，"这样子似（是）"是"是这样子"的倒装，阿强把"是"这个系动词放在了词尾，假如他说"是这样子"，就会在开头用力，就不是个顺溜自然的"过渡缀子"，就不会像"克雷多摩"那样顺嘴溜出来了。这，还蛮有意思的吧！哦，我还注意到，当阿强说"是这样子"的时候——在开始说话时说，"是"是在最前面而不是倒装的。

　　由会五种语言的阿强想到了民国人氏辜鸿铭，因为他也是大马出生的。其实辜鸿铭也没什么好狂的，他那传说的会多门语言的"罕见天赋"阿强也有，人家阿强也没狂呀，俺老齐还没狂呢！（呵呵）出生在那样一个多语言的地段——英属马来西亚能讲流利的英语和马来语——于阿强和辜鸿铭来讲再稀松平常不过，就好比那地方的天气，总是一会儿雨、一会儿云的，将几种语言翻云覆雨地自由转换是那里人的特异功能。我还想到受国人推崇的那个喜欢在洋人面前卖弄语言本事和戏耍洋人的辜鸿铭——注意，他还是个中西混血儿呢——一个人再如何在异种人面前示强，又能于当时国弱的大局如何呢？就好比有一个人当着众人的面调戏老虎，围观众人欢呼雀跃，却也改不了一不留神让老虎吃了的"基本面"嘛。

不说阿强和辜鸿铭了，说说新加坡的地陪"苗苗"。苗苗一眼看上去就是东北女孩儿，一耳朵听上去也是东北女孩儿，比如也爱把"是"发音成"似"，不过是东北味道的"似"。我于是问她，她说她父亲是东北人，是个木匠，20世纪70年代来的南洋。第一天，我始终怀疑苗苗并不是新加坡人，而是新来的——就凭她那个东北味的"似"。第二天，当我再细听苗苗介绍那个她蛮以为荣的按规定每星期五定时开展"鞭刑"的"新加坡国"时，我发觉苗苗的口音中已经没有半点东北味道了，变为了地道的"南洋腔华语"，由此我相信她就是在狮城成长的新加坡人。那东北味呢？我猜测，一定是"上团"前她刚和老爸唠了半天，将"家的味道"染上了，连口音带东北姑娘的做派都原汁原味带到了"工作岗位"，过了一天呢，她就回复了原味，讲起通用的

"星洲华语"了。

新加坡那个"国"的特色我不想细聊，但"新加坡华语"还是蛮有意思的。首先，它使用的是简体字；其次，它十分接近普通话，听不到台湾国语的那种"嗲腔"。语言政策是重要国策之一，我想，当初新加坡没用港台的繁体字，和中国大陆保持一致，一定是有一番苦心的。

关于华语的应用，7月28日的《联合早报》共有两篇议论文，一篇是《简体字惹的祸？》，另一篇是《营造亲母语的环境》。第一篇批评简化汉字的时候有失误之处，比如将"游"原本的"走之"旁置换成了三点水旁——难道山里也能游泳吗？还有"圣""设"等字简化得也不妥。第二篇则为星洲华人青年之间不再爱讲华语只讲英文和城市标识汉字使用率低下而焦虑。的确是的，我在新加坡的金融中心闲坐时留意听华人白领的对白，发现他们即使在同种族聚会或两两交谈时也都喜用英文。见同族人将另外一个种族的语言作为母语，于本人，是一种不舒适的感觉——即便本人也曾在很久以前生活于一个非母语的国度。不过，英文毕竟是一种国际通用资源，即便占新加坡五百多万国民80%这么多的华人全说英语，加起来也不过四百来万人，这于

"大华人圈"不啻是一份无形资产,也算是一项"软实力"吧!碰巧,回到北京的第二天我在紫竹桥附近的肯德基见到一家印度人——爸爸和儿子头上都盘了一个"大花卷"的那种——他们一家人就用咖喱味道的英文从容对着话,也不觉得怎样的违和。新加坡之所以是国际金融中心,这肯定和星洲华人的英语水平相关。

新加坡的英语听上去是独特的有些接近英音,并没传说中的土特产的"椰子味道",也挺顺耳的。我还注意到新加坡的英语书面语是相当英殖民式样和"古色古香"的,和北美的用法大相庭径,比如,在进出国境处提示你准备好护照,用的是"Please produce your passport……""produce"好像在北美不是在这场合这么使用的吧!

狮城的华语也是五花八门的。入夜,你在华人的大排档竖着耳朵听华人们说话,有时候你能听懂,有时候你听不懂,听懂的是普通话,听不懂的是各种的南方方言——当然,苗苗的那口东北味的"华语"是不太多的。

从"李氏新加坡"再返回马来西亚,告别有足够理由有优越感的新加坡人苗苗到再见到憨直可爱的华侨子弟阿强,尤其是不再担心不知犯了什么错就可能被人把屁股打得皮开肉绽——只能在周五，只能用蘸水的藤条抽，这是必须的——感到一种屁股终于被100%带回来了的释然。当苗苗介绍新加坡的鞭刑的时候，颇有一种国人说国宝大熊猫的自豪，而她的那种环视大陆人的眼神，有那么一瞬间，也仿佛是从藤条鞭梢发射出来的。她说上次就有一个大陆团友在超市习惯性扒窃时被当场擒获并打入牢房，毫无疑问，他（她）现在一定正在监狱中诅咒着某个"黑色星期五"："哎呀妈呀，可别到了呀！"——因为听苗苗说到此处的那个口吻，挨鞭子是注定的，只是几鞭子的问题，从三鞭子起算哦。

在我们住的最后一天的最后也是唯一的一家五星级酒店，一位操马六甲海峡味道英语的马来人门童对新加坡的那种法制不以为然，说那是一种病态——That's sick!——他说，新加坡连烟都不能抽，还是马来西亚好，自由。

马来语我感兴趣的地方是它是用英文26个字母写的，这和曾经用汉字后来又不用的越南一样，我忘了问阿强马来语原本是否有自己的字母，是什么时候被拼音化、拉丁化了的，有一点可以肯定，马来语中即便有和英文相近的借用词汇，比如将餐馆写成

"restoran"（restaurant），但属于不同语言体系的马来语起初绝对不会是用英文的字符来书写的，这还是英殖民的遗产。

别的，就想不起要说什么了。南洋的族裔那么的多，宗教那么复杂，语言那么的丰富——哦，对了，想起在临离开吉隆坡的那个下午，在一个日本三井集团投资的购物中心，见到一个教授汉字书法的摊位。没想到摊主是日本人，学写字的那家大人、孩子也都是日本人。我用王羲之体潇洒地写了"马来西亚　吉隆坡"几个字，那位老师看了，明知道我写的远比他强，也故作无动于衷。还是当帮手的两位男女华裔青年说你写得真好！他们还让我在一个太阳般红彤彤的圆形纸上写一个"寿"字，没写好，写成了"辱"字。但还是挂了上去。压抑不住和那位老师交流，我用日语问他日本人初学大字时临谁的贴，问他知不知道颜真卿、柳公权、王羲之。他说当然知道，他们在日本的知名度也一样高，还说日语管临帖叫"临书"。当然，他写的那个"书"，是繁体的。

无论如何，在南洋这多元文化交汇之处见到有人在大庭广众之地大张旗鼓普及大写的汉字，无论是哪国人在做，于国人和"华人"，都是件高兴事。

不知为啥,除了辜鸿铭,我想到许多和南洋那一带曾经发生关系的过往人物,比如在我的小说集《柴六开五星WC》中有一位庄总,是个喜剧人物,其实他的原型是我的一位相识,是著名侨领庄希泉先生的公子,他就是马拉西亚出生的,也会马来文和英文等。另外一个文人是郁达夫。郁达夫最后那些年一直在南洋一带生活、藏匿、抗日,还在星洲参办过华语报纸,他是一颗中华文学不灭的巨星,也会包括日文、马来文等诸多语言,后来不幸,他最终抱恨在南洋被日军谋害,命断在南洋的棕榈林之中。

全文完

土耳其"浪漫"游记

2018年7月29日　星期日

一、对"浪漫"的注解

这篇散记本来是可写也可不写的,可写的原因是的确"游"了半个土耳其国,可不写的缘由是已经拍了那么多的照片,照片是会细说和戏说的,和照片比,语言就显得多余了些——这世界上的事物能用语言准确表达的,有人说不到一定的比例,剩下的就是用眼睛观看,还有些是你既看不到也读不到的,那我看,索性就随它吧!

听说土国是个浪漫的国度,具体啥叫浪漫——Romantic——似乎难于表述,哦,Roman和Roma(罗马)似乎从起源上有某些关联,那么,土国古罗马废墟上的那些个站着、倒着、被削成半截的罗马柱是否就是Romantic的本源呢?

我之所以犹豫了片刻之后在标题上先加上"浪漫"两个字,然后再戴帽子似的加上了两个仿佛是耳朵的引号,是因为这次我们统共不到20个人的旅行团队中就有三对儿到土耳其度蜜月的夫妇，因而，浪漫的元素是绝对有的，真实说，我还是第一次搭乘别人的"喜车"行自己的严肃文化探寻之旅哩。因此说，自从由北京出发的那一时刻起，我就成了许多老幼不等的"伴郎"和"伴娘"之中的一幸运分子，哪怕是拥有整三十年的珍珠婚龄，却第一次踏上别人的也似乎是自己的蜜月之路呢。嘻嘻。

二 "热情"的土耳其人

对土耳其人的初步印象是来自我的课堂：前四年里我教的每个班级都有土耳其学生，其中一半给我留下的印象是过于严肃，比如，有两个学生整学期从始至终都没笑过——哪怕是微微的那种——于是，我去土耳其之前就觉得那里的国民会相对呆板。但前两周的土耳其行改变了我的固有观念，土国人原来是那么的热情奔放，那么的好客，那么的厚道和好玩。

"热情"两个字眼显俗气，但当你将这两个字拆解，分为"热"和"情"的时候意思就不太相同了，比如：有的民族给人的印象太"热"——Hot，但没有太多的"情"——passion，那样很危险，你要离他们远点；有的民族特别有"情"，但就是不会表达，你就感觉不到。两年前我去莫斯科乘坐地铁，中国团友们交头接耳、四下光顾，车里的俄国人尽管内心十分多情——他们可是受文学作品滋养的有丰富情感的民族呀——但就是一个都不会笑，哪怕是微微的呢，因而，即便是在盛夏，那里也的确很冷。

土耳其人是既有热度也有情谊，他们的热度不亚于南欧国家如意大利人的，或许因为人家原本就住得不远，都守着地中海，但土国的人不像意大利人那样显得流于形式、暴露在表面，他们的热情有热度也有分寸，更有内涵，比如，为我们开了两星期车的那位六旬的老司机卡迪尔，临别时除了握手、拥抱之外，他把人去车空的大巴开到匆忙赶着上飞机的团友们身旁，使劲鸣了一下车笛，那"嘀——"的一声中深含着他的不舍。

我可以毫不犹豫地说：人生中很多告别的性质其实都是诀别，地球很大，我们很可能永远都不会再去土耳其，自然就更不可能再见菩萨般慈祥敬业、有礼有节、有风度的大巴司机卡迪尔了。

昨日，一个中国旅游团在安塔利亚——我们刚刚去过的地方——发生了严重车祸，当时，卡迪尔不会也在那条路上驾驶吧？

三 今宵在何处——亚洲？欧洲？

当我们的大巴由东向西通过博斯普鲁斯大桥末端的时刻，导游阿法说我们就算从亚洲又回到欧洲了。洲——continent，听起来是那么的庞大，在世界地图上都占一大片，但对分居欧亚两边的伊斯坦布尔市民来说，无非就是海峡的这边和那边、桥的一头和另外一头，不要说风会瞬间从这个洲刮到对面那个洲，就连苍蝇、蚊子、臭虫也是上一口咬的是亚洲人，下一口咬的是欧洲人。

欧洲——Europe，Asia——亚洲，两个貌似简单的字眼，但欧洲的含义多丰富呀——欧元、欧式服装、白色皮肤的欧洲人，哦，还有"脱欧""脱亚入欧"……本人唯一的学术书籍的名字就是《日本语言文字脱亚入欧之路》，为完成它我足足奋斗了五年，才勉强地帮助日本理清他们长达近百年的企图脱离亚洲变种成欧洲人的死乞白赖之路，对于日本人来说，那条路是多么的漫长和艰苦呀，而人家伊斯坦布尔的市民呢，一脚油门——卡迪尔老师傅似的就"脱亚入欧"了……

无疑，身跨两个大陆是土耳其这个国家的"噱头"和"亮点"，但我却有另外一种不同于他人的谬见——我不觉得那有什么，我眼前的湛蓝的博斯普鲁斯海峡就是一道无名的海沟，它头上的天空也无名无姓，就是一个由云和空气组成的空间，海峡两边的丘陵既不叫Europe，也不是什么Asia，就是两块海峡地形需要它们存在、伫立并不许胡乱动弹的陆地，让我们对地球的原初状进行"初心独具"的大还原，它们两千年前就是那样，后来，有了罗马人、拜占庭人、奥斯曼人之后它们仍是那样，而若将时间的指针玩命的倒拨，拨到人类这种上帝最宠幸的物种来到这个星球之前，万年前、十万年前，它们就是它们，绝不是亚洲，更甭提什么欧洲了……

"洲"是被人类划分和命名的。

Europe、Asia是两个人类制造出文字和词语之后的说法和表述，是不断重复表述后形成的概念，外加几千年不断"充值"进去的概念的外延和内涵。而"欧洲"那个概念，那个由欧元、欧式生活方式、欧洲共同体、欧盟等等无数个元素组成的不断扩充、膨胀并仍在不舍昼夜地往里面充填新的内容的Europe，而今，已经成了一个硕大的概念群，它如同蘑菇云，如同遮天蔽日的大气候、大气场、大气层,将我们的思维一遍遍地设定固化和引领,于是,我们的脑际中便有了一个几乎每人相同的大概念和大想象——欧洲!

亚洲,不也是一样么?

人类起初是借助自己创造的词语来认知、记忆这个世界的,那时候,词汇只是工具和道具,但是,当那些个道具、工具被充实到足够大、足够稳固,不能再被改变的时候,成见也就形成了,于是后来,这个由数不清的先人、他人铸成的"先见的概念团子"——成见,就变成了新一拨儿人的除了词汇之外的第二个级别的工具和道具,于是人们就开始偷懒,不是用自己的一手经验而是用那些成见甚至是偏见来开始切入对世界的理解……

说得有点形而上、有些远了,再返回博斯普鲁斯海峡这一头的大桥吧,因为此次此刻已是夕阳西下,我们的大巴车在稳重的卡迪尔老司机师傅和英俊导游阿法的率领下,在离开一周之后又雄赳赳气昂昂地重返到Europe大陆了!

四　土耳其，一只十彩的"美丽火鸡"

我喜欢七彩的云南，十彩缤纷的土耳其我也同样喜欢。

"十彩"，其实就是多元，就是丰富，就是包容，就是你中有我、我中有你。

"包容"这个词汇用得很泛，但还是不得不用，细分它，应该还可派生出包括、包含，或许还有允许和容忍。

一道博斯普鲁斯海峡就像一把切西瓜的刀子，把溜圆似西瓜的地球切为东、西两半，一曰"亚洲"，一曰"欧洲"——这两个，土耳其都得包容，因为它们都在自己的家里。

通常，一个洲至少有两个国家（如大洋洲，就只有两个大国），但一个国土不算大的土耳其国偏要包容两个"洲"，这就是它的定义和定位，也是它的历史传承，更是它的宿命，仿佛一个产妇腹中携带着两个基因截然不同的"文明巨婴"，她就必须有大爱，她也必须和只能包容。

假如用建房做比喻，那么现代土耳其国这个中层建筑下面的地基和别国是不同的，它的地基分别是古罗马、拜占庭、奥斯曼,这几个帝国拥有着不同的文化和宗教,眼下有的残存、有的毁灭,但都在地基中含有。即便今天这个中层建筑拥有一个清真寺的圆顶,也有若干个宣礼塔,但地基是深埋的,地基是不可见的,地基也是不会改变和复杂多元的。这种内涵和表象的关系还可以扩展到这个国家的方方面面,从文化习俗到政治取向、商业运作,再到街头巷尾、山村部落你遇见的每一个土耳其人的举止言谈。

从某种程度上说土耳其人是极其睿智的,因为他们具备将那么多源头的文化先继承下来、再统统整合到一块土地上的不凡能力,他们做得那么不温不火,他们将这种外人看来十分艰难的文化编排整合做得那么缜密,落实到层层细节,让它们并行不悖、互不干涉。比如,爱琴海海滩上,你可以看到身着现代泳装的少女与穆斯林黑袍的少妇在水中相互嬉闹;比如,在番红花城的月夜,酒吧中摇滚乐的声音轰隆震天,但当清真寺划破夜空的最后一次礼拜的声音高调传来时,摇滚乐便戛然而止,等礼拜结束了,乐师们又顿时疯狂舞动高歌;再比如,以旅游为主要收入的土国许多主要景点,如伊斯坦布尔的索菲亚大教堂、卡帕多奇亚基督徒躲避罗马人迫害而居住的"洞穴",其实和现在的"国教"伊斯兰教主旨有所不同,但维护它们、展示它们、靠它们"吃饭",并以它们的存在为民族骄傲的当代土耳其人对它们的呵护又是那么的尽心尽力、毫不怠慢……

土耳其的文化多元和大熔炉美国的多元文化有所不同——美国的文化存在是以相应削弱各个民族的原始根性、认同美国的共同价值为前提的;而在土耳其,或许这块土地原本就是罗马、拜占庭、奥斯曼等几种截然不同文明的发源地,或因几座不同文化大厦历史上曾经共用、共享一个地理上的根基,从而,这块土地上当今的多样化是保留各种原汁原味的多元,诸多文化因素都以原装的样态被一股脑地被打包在Turkey这个和"火鸡"的意思一模一样的国度里了。

据说,是英国人发现这块也叫"小亚细亚半岛"的地方的,因为地形状貌火鸡,才将之用英语命名为"Turkey"。

那么,可不可以说,土耳其就是一只十彩而不是七彩的"美丽火鸡"呢?

五 我们的"土导游"穆斯塔法

既然是写游记,就不能总是太沉重,于是他——穆斯塔法就十分自然地来我的笔下报到。

穆斯塔法是两个导游之一,是代表"土方"的;另外一个是阿法,是中国去的留学生。由于穆斯塔法一句汉语都不会,所以,全程99.9%的导游词都是由阿法小同学激情解说;而穆斯塔法呢,由于他是二人之中持有正式导游执照的那个,按"土国"的法律必须坚决保护其就业岗位,因此,他就随着团,像十几个游客之中的最不起眼的那一个,和我们一起愉快地玩耍。

一路要不就听着耳机中悠扬的音乐,要不就打着永远也挂不掉的手机电话,给人的感觉就像是一个游神,散漫而不着调儿,但富有完美的自娱自乐精神。一路上他边吃边逛,顺访千里行程中各个站点上的亲戚朋友——那些熟悉的不熟悉的、有劲的和没劲的——总之,细高挑儿、不修边幅的他在团里俨然是个边缘人、局外人,有些个随意,也有些个漂浮。

我发觉穆斯塔法并不真是个"混混儿",他竟然也具备职业素养和敬业精神，那是在他进行0.01%的景点解说的那一个极其罕见的、短暂的时段——刚到卡帕多奇亚，我们去观看基督教徒为躲避罗马人迫害而修建的地下多达八层的黑暗洞穴的时候。刚一走进那有几分幽暗、有几分恐怖，还有几分动弹不得的仿佛是耗子洞、猫耳洞的黑暗洞穴的一瞬间，我突然发现穆萨塔法就好比猫头鹰熬到了黑夜、燕么虎赶上了熄灯、小偷摸到了暗道、魔鬼盼到了日落、热气球点火要升空那般的亢奋和神采飞扬，那股劲儿，非常像一个隔了多年才被突然"唤醒"的小特务，他一把将已经解说了半天的阿法推开，用土语滔滔不绝地介绍起关于地下八层洞穴的一切一切，从石洞材质的化学成分到基督徒们怎么做饭、酿酒、大小便，再到怎么祷告、怎么御敌，只见他判若两人，口若悬河、比比划划，他看上去是那么的专业，也那般的投入；他猫着腰走一路、讲解一路，一直讲解到我们跟跄着爬到虽然已经黄昏时分，但和地下洞穴相比却光明无限的地面……参观结束了，回头再看穆斯塔法，他就像蝙蝠遇到了强光、歹徒遇到了警察，他开始收敛了，唰地又回到了一贯的那个他，又开始摇头晃脑、自娱自乐，蔫笑着沉浸在耳机中不知是什么迷魂汤似的忽悠悠的曲调之中了……

于是大巴车就在卡迪尔大哥老鹰抓小鸡似的娴熟摆布下,载着十余个中国游客和一个本土"游人"穆斯塔法,在刺眼的落日的金黄光线照耀下,疾行于旷无人迹、有着火星般地貌的卡帕多奇亚大荒原上。

六 穆斯塔法和我之间

在全团的游客中,我是和穆斯塔法一路上交谈最多的人,因为我们讲着一种全团只有我们俩才会的语言——法语。

是他说他会英语和法语以及土耳其语之后,我才开始和他讲许久没用过的法语的——并不是因为我的法语很好,是因为我们似乎有着一种默契,既然会,就要说那种集体中只有你和他才懂的语言,英文大家都略知,法语么,他们就不懂了。

我不晓得这种特殊的动物交流取向是否有理论上的说明。

或许,我们都以为法语很美,也很雅致。

当穆斯塔法用法语说他和他的第一个妻子之间讲的就是法语时,我忙问:那和第二个呢?

他在巴黎待过六个月,然后就和第一任法国妻子离婚了;然后就又结了,第二任妻子是土耳其的;然后呢,三个月前又第二次离了;然后,就在十多年婚姻过后,再次变成了单身。

于是,就凭借着单身的"特长"——无牵无挂——登上了这辆载着中国旅客而不是法国旅客的大巴车。

从业26年了,他原本是挣钱很多的能讲法语的导游,眼下他虽然没有语言优势但有导游证,于是,他就变成了我们团的"头号导游"——默默无声的。

在当法语导游的时候穆斯塔法其实挺挣钱的,多到能在离博斯普鲁斯海峡大桥不远的富人区拥有自己的宅子,似乎是两次婚姻和离婚让他变穷了——土耳其人只能有一个妻子,无论何种原因,离婚时男子都要将财产对半分割给女方,因此,假如他和第一任法裔妻子离婚时也对半分过的话……我数学不好,1/2,再1/2,那么,可怜的穆斯塔法的总资产就只剩下1/4了,于是,他就不得不抛售掉那个坐落于"欧洲部分"的豪宅。

当我明知故问(阿法已经事先告诉了我们土国离婚时候的财产分配比例)地用法语问他,他离婚时是否需要分割一部分财产给配偶时,穆斯塔法回答得异常地决断:"当然,必须给人家一半!"

从他的那份果断和毫不犹豫中，我读出了他是个好人。

离别时，有的团友和他调侃，说回国后给穆斯塔法介绍几个中国的女友，刚刚40出头的他或许还能够再婚一两次呢……我数学真不好啊，1/4，再乘以两三个1/2……假如那样，我估计终有一天穆斯塔法将彻底的游离失所，但他或许能学一口流利的中文，就可以休了阿法和卡迪尔老司机师傅，然后，自己既当翻译又当司机，晚上还能在大巴车上打个地铺。

呼噜……呼噜……呼噜。

哦，实在没着没落，还可以搬到卡帕多奇亚荒山中的那些数不清的地下八层深不见底的洞穴里去住嘛！

七　说了另外99.9%解说词的阿法

本来想再次进入严肃些的话题，可阿法在"土耳其团花样年华"微信群中说："齐叔，咋不写我？"于是，就聊几句阿法。

二十三岁的维族小同学阿法的家乡是乌鲁木齐，在伊斯坦布尔念大三。他原本是喜欢绘画和艺术的青年，屈从于生计上的考虑现在主修国际经济贸易，父母出学费，自己挣生活费，因此成了我们团身居第二把交椅的导游。由于三十多年前上大四的时候我自己也做过三个来月的北京地陪导游，带过日本团游览京城，阿法作为导游的专业水平我知道是远在我之上的。阿法的其他优点实在是太多了，无论是言谈举止还是为人处世，都是顶好极好，人成熟善良，有爱心、责任心，这么说吧，自从结识阿法之后我就确定：阿法是到目前为止我所见过的第一优秀的二十三岁青年。

阿法具备语言天赋，没在北京生活过，但听他那口纯正而发音圆润的普通话还以为是我家邻居。除了英文，他的土语也是一流的，当然，我并不懂得土语，是猜测的，反正穆斯塔法讲的话他似乎都懂，他说的穆斯塔法也没用法语向我核实。

检验一个人的语言才能还有一个法子，就是看他对新语言的兴趣和学习能力，比如，阿法问我日文的"你叫什么名字？"怎么说，我告诉他，他马上就记住了。有一次，一个日本团和我们一起用餐，阿法就用我刚教会他的话问那个日本人，日本人先是愣了一下，然后老实地回答了他。阿法问我他说的是什么，我说人家刚刚报了自家的姓名呀！

说点好玩和打趣的吧。阿法说和所有的维族小伙一样，他原本的肤色也是白色的，但由于没经雾霾过滤的土耳其的太阳太过明亮和直白，老是带团游，生生把一个"白阿法"给晒成"黑阿法"了，于是，阿法就做了件我唯一看不上的事情：身材高大的、胖乎乎的他竟然打着把浅色的中年妇女阳伞。中国人好像都见不得阳光似的，在任何国家旅行，男女老少打阳伞算是一景，老人、小孩和女性都行，我偏看不惯小伙子撑着把淡粉色的伞（可能我对颜色的判定有点不准）引导着大伙在古罗马的残垣断壁中蛇行。

你瞧，人家穆斯法塔就从不打遮阳伞嘛！

或许是阿法担心晒得再黑点，他刚刚"有点暧昧关系"的女友会认不出他来吧。嘻嘻。

年近六旬的我是听了阿法那么动人的解说才下决心参加费特希耶海拔高达近两千米的滑翔伞项目的，他说当你腾空的那一瞬间，蔚蓝的死海呼啦一下子展开在你的眼前，那迷人的美景呀，叫你不喝酒都沉醉不醒啊（大意）！

当我真的如阿法所说跟着教练从近两千米的高空先跑下一个陡坡，再猛地展开伞腾空飞翔起来的时候，我睁开眼一看，眼前的美景比阿法用似海的深情描述的还要美上万分！尽管起飞的那一刻我有些恐慌，为何？因为在我们乘坐的似乎随时可能翻到万丈悬崖下面的那个四面通风的吉普车马上就要抵达滑翔起点的那一时刻我才得知，其实阿法介绍飞翔快感时用的只是他的想象，而他当天也是头一次朝深不见底的死海的深处心慌着试飞，不过，幸亏有阿法那么动情的身历其境似的真心推荐，我才深信不疑，才得以在世界三大滑翔圣地之一的费特希耶展翅高飞一次！

写到这里，我似乎听到了此时此刻远在土耳其的阿法小同学正在下一个团的大巴上动情地介绍费特希耶飞翔项目，他半睁半闭着蓝色的眼睛，深情百倍地叙说着："当滑翔伞打开的那一个瞬间，你把不敢睁开的眼睛慢慢睁开，你眼前看到的呀，不仅是深蓝的无底似的死海，远处金光灿烂的夕阳、翠绿的岛屿，还有同样是惊恐万分却心潮澎湃正在不远处以自由落体速度飞快下落的团友，比如那个北京的冒充作家——老齐叔叔……

阿法，你好吗！

八　人家为何那么热爱废墟？

这个小标题开始是"我们为何那么热爱废墟"，后将之改成了"人家"——土耳其人、欧洲人，他们热爱而我们不那么热爱，他们的国土上似乎到处都是废墟，伊斯坦布尔那个城市仿佛就是和废墟共存的，有的新屋的墙上还露出了一大块拜占庭断墙，而用我们曾经的眼光，那简直就是审丑。

从特洛伊古城到以弗所古罗马遗址，我们钻出一堆石头后又绕过一片大理石残迹，直到那些石头多得铺天盖地，这儿是古罗马的浴池，那儿是古罗马的图书馆，眼前的是古罗马的大小便池——说到便池，有一个不是玩笑的玩笑，一个国内豪华团的客人，见到排列有序、被刷洗得干干净净的罗马便池后，就问导游他是否真能在那里解手。那可是在天上白云悠悠的大庭广众目前啊，厉害了，我的极个别国民！

还有一个听似笑话的：古罗马社会等级分明，有钱的"天上人间"、没钱的做"天上人间"的地狱——仆人，那时候，有钱人如厕前要让仆人在冰凉的大理石"坐便器"上先坐一阵子，将其预热……

以弗所的那个以世界最大最早的图书馆和环形露天剧场、罗马浴场、卫生间为主要"亮点"的由一望无际的白色巨石做成的废墟，其宏大、其壮观、其富丽奢华不用将其百分之百还原，就连眼前的这么些耀眼阳光下的残骸，都让人过目后终身不得忘怀。

但的确，它们都是残旧残废的，它们只是断垣残壁，它们说到底，就是一大堆破烂不堪的石头。

它们是废墟。

人们走那么远的路去玩赏几千年前的一堆陈迹，而咏叹，而阐发，有极个别的，还想古为今用地在那里小便……

比起它们，同期的我们汉代、三国、魏晋时期的建筑残迹呢？我们基本没有，华夏大地上绝少有那么多烧不光、煮不烂的古建筑残骸供我们把玩、抚摸和追思……

左思右想，我将之归结为咱们东亚这边的建筑材质：我们的先人没有像欧洲人那样将石头作为主要建材，我们多用木头，然后是砖瓦。和西人所用大理石材的"抗毁灭性"相比，我们的古建无法抵挡历代火焰的灼烧，而历代造反的又那么喜欢用大火和大炮对别人的居所、城池出气，于是，一代人给又一代人、一世纪给另一世纪留下的，总是一堆堆转瞬化为泥土的黑色灰烬，而不是可触摸、可观赏的白色巨石组成的壮美废墟。

怀古之情是人类共性，但西人的怀古是可触摸的，而我们的是空想的怀古；人家的怀古有"物质基础"为依托，是"半物质半精神性"的，而我们的呢，手臂白抬摸不着，眼睛空看啥没有，眼前一片历史建筑痕迹的虚无，没着没落的，也只能是纯空想、纯精神和游移不定的。所以我们浮躁，因而我们善变？我不得而知。

从今天中国的建设方式上似乎也能看到端倪：谁能打包票他盖的楼一百年后还站在那里？我们每五六十年盖一次、再拆一遍，我们的建筑只够一代半代人缅怀。举个本城的例子，我真想对着北京的老城墙抒发下怀旧之情，可我上哪去找那西直门的残垣呢？

但在伊斯坦布尔城，千余年前拜占庭的"西直门城墙"，你一推窗就在眼前，你一探头就在海边。我们的古城只留在心中，仅存于冷不丁突袭到心头的悔恨，人家的就在触手可及之处。

这就是不同呀！

以弗所遗址这些破石头的"出生日期"差不多是我国汉代三国魏晋时期，瞅它们还都活灵活现的，在土耳其有的古罗马剧场至今还在使用，而你和我又有谁能说今天晚上咱哥们相约着到汉高祖刘邦大小便过的池子里去尿上一泡呢？

九 废墟的启示

我觉得，在灰白色废墟中盘桓着的人们和在深蓝色的地中海边伫立的人心态上是相通的——他们面对的，其实都是无限。

废墟展示给你的无限是时间，你几十年的生命在它们——那一大堆似乎能与天地共存的破石头——面前是过客、是转瞬即逝的风，尽管面对不会行动的、被动的它们，你是观瞧之客，你无比主动，你想抚摸它们甚至踢上一脚，它们都得沉默忍受，但其实真正的被动者是我们，我们此行的每一个游人百年之后它们还会笑对新的游人，我们是有涯之躯体，它们是无涯之存在，从这层意义上说，我们都该羡慕嫉妒恨那些罗马人留下的破烂石头。

在咱们中国的土地上，由于秦汉留下的石头不多，更不会在你我的眼前随时晃悠，因而我们骄傲，我们目空一切，我们就是老子，老子就是我们，我们是"百年横"。

但中国好歹是文明古国，我们还有那么几块石碑供我们膜拜，除了石头之外，我们还有宣纸上的、锦缎上的历史，年轻的国家譬如美国就更没什么悠久历史的残骸供朝拜了，因而美国人就更是长在当下、活在当下、骄傲和疯狂在当下。

美(美国)土(土耳其)之间的关系这几个星期中,又进一步搞僵了。

有悠远而可触摸历史的小亚细亚半岛上的居民,似乎总是活着的"历史人物",总有古老的事物相互伴随:古老的习俗——比如土耳其浴;古老的语言——不时和那么多种语言的字母,希腊文的、阿拉伯文的、拉丁文的大眼小眼的对视;古老的宗教——基督的、伊斯兰的……

在一个满山遍布基督徒为躲避宗教迫害而修造的栖身洞穴(卡帕多奇亚)、睁眼就能看到清真寺圆顶和宣礼塔、早晨四点半就会被清真寺男高音清唱似的祈祷声唤醒的国度,你不得不思考什么是宗教。

宗教太高深,我没资格讨论,我唯一能知道和确定的就是它们的古老。它们如同那些罗马柱,每弄清一根大理石柱子的来历就要耗费我们个体的一生。

我膜拜古老、敬畏古老甚至惧怕古老,对与之同等级的年迈的宗教和信奉宗教的人们,我也怀有同样的心情。

宗教和那些大理石一样,"顽固"而神秘。

宗教无疑是人类自己发明的，不同的宗教是几个殊路同归的"故事"，发明者似乎有一个共同的思虑，就是人可能会做不该做的坏事，而这，是一种只有人类这种"高级动物"才会有的自知之明，因而，他们（那些创始人）就在"故事"中发明了种种的约束方法，来制约自己的信徒。

大致就如此吧——我目前的理解。

通过在土耳其这个伊斯兰国家的所见，我唯一确信的就是：

第一，宗教是历史悠久的、古老的习俗，古老到我们个体的有限人生难于探寻其根本，在它面前我们如同遗址前的过客。

第二，宗教和世俗之间的关系是受规矩约束的自觉和自由放纵本能之间的互动，是二者的博弈、妥协和平衡。

人类出于自觉想方设法禁锢和制约自己，但每个个体和群体又无时无刻地希求放纵和自由自在，这就是宗教化和世俗化之间的取舍和抉择。

无疑，土耳其是伊斯兰国家之中最会中和平衡二者的国度，这体现在整个社会的每个角落——无论是妇女色泽鲜艳的穿着打扮，还是男后生偶尔有些过分随意的行为举止。

由于平衡得挺成功，所以"土国"人总体给人的感觉是讲卫生有秩序，同时又开放和活泼，是热情开心的。

土耳其就是这样一个耳边每日响着五次礼拜祈祷的悠扬声，同时还有些野性、有些放纵、有些胆大妄为的"火鸡国度"。

十 在土库曼斯坦国机场看世界杯决赛

作为一个"田野语言研究者"，本人走一国关心一国，去年到哈萨克斯坦"考察"当地的语言，得知该国正紧锣密鼓地谋划将眼下的西里尔字母全面去除、将之在若干年内拉丁化，其实，哈国骨子里是想去俄罗斯化。在中亚的几个"斯坦国"之中，哈国的文字改革是慢步骤的，其他几国早就使用了拉丁字母。这次我去土耳其，在选择行程上有意在土库曼斯坦国的首都阿什哈巴德国际机场做来回的短暂逗留，目的就是亲眼目睹这个中亚国家用拉丁字母而不是西里尔字母表记他们的语言是怎样的一番实景。

我们是当地时间7月15日的傍晚六时许抵达阿什哈巴德机场的，一下飞机，我的收获就是亲眼见识了用拉丁文字母而不是西里尔字母拼写的另外一个"土国"——土库曼斯坦的语言，亲耳听到了机场工作人员讲的并不算太纯正的俄文。通过和几个等待赶赴喀山城（俄）去的本地小伙子的聊天——用俄、德、英三种有的通顺、有的不太通顺的语言——我得知其实这个"土国"的俄语水准并不算高，尤其是口语，比起俄语他们有的更擅长德语，因为他们的父辈们有许多在德国做工。

看地图就会知道，和"哈国"（哈萨克斯坦）相比，这个土库曼斯坦国已经离土耳其很近了，他们的国名也是用Turk开头的。

这个国家有一个和哈萨克斯坦、俄罗斯、土耳其很相似的地方，就是"国家元首"的肖像颇多，而且悬挂的位置非常显眼和特殊——是在土库曼斯坦航班的机舱里面，也就是说，人家的国家领导人陪伴着你飞行一路。在土耳其，埃尔多安总统大头像在我们在伊斯坦布尔游逛的那几天也是随处可见。

土库曼斯坦也是伊斯兰教国家，因此妇女也佩戴头巾，和土耳其妇女颜色丰富的头巾相似，土库曼斯坦妇女的头巾看去也十分眼花缭乱，不同的是她们的头巾隆得高高的，看上去秀丽端庄。

还有，土库曼斯坦的广播中用当地话播音时说"谢谢"的时候也是Sağol——这和土耳其语一样呀,难怪人家的国名也是用Turk打头哩!

能在异国的机场观看世界杯决赛的确是上苍赋予我的大礼,我们在阿什哈巴德就逗留四个小时,晚六点钟到的,十点钟离开,而世界杯的决赛恰是从七点钟开始直播。我无比欣喜,七点钟到了,球开始,我一眼就看到了一个再熟悉不过的法国球星的半秃且专用于顶撞人(那次决赛他就用头狠命顶了一下意大利球员)的头颅,这不是齐达内吗?没错,篮球衣,他都多大岁数了,今晚还被排到头阵?正在纳闷,来自黑龙江大庆的三对"蜜月夫妇"中的一个新郎小田来了,说:"叔叔,这不是直播,是2006年决赛的录像回放,直播在那边,要先买瓶啤酒,才能坐下看的。"

于是,我匆忙转场。

十一 也说"土语"的拉丁化变革

在土耳其的那两周时间,我天天一到旅馆就打开电视——我想更多地知道土耳其语。目前土耳其语用的也是拉丁字母,这是"国父"凯末尔1928年文字改革的成果。那一年，土耳其用拉丁字母代替了奥斯曼帝国长期使用的阿拉伯字母，于是在接下来的岁月里土耳其人的生活发生了巨大的变化：第一，用以往文字符号记载的历史被突然"切割"掉了，这一点和越南19世纪末的拉丁化十分相似，区别是，土耳其人用拉丁置换阿拉伯字母是拼音字母和拼音字母之间的替换；越文的拉丁化呢，则是用表音的拼音字母置换表意的汉字。第二，拉丁化的结果，使得土耳其民众在非常短的时期内识字率翻了五倍，这种结果无疑是值得赞扬的。我略有不解的是：其实阿拉伯字母也是拼音文字，和汉字相比学起来更加容易，但因何文字改革之前的土耳其的识字率十分的低呢？

凯末尔进行文字改革的初衷之一也是想让土耳其"脱亚入欧"，这其实和日本19世纪后半期至20世纪初实施的"脱亚入欧国策"十分相仿，日本从文字上"脱"的步骤之一就是试图用拉丁字母彻底取代汉字，而当时的中国众所周知，又何尝没尝试过废除汉字用拼音字符取而代之呢？

将观看的镜头拉长、抬高，于是，在19世纪末到20世纪初近一百年的时间里，从语言字母的变化上看，我们便得到了这样一幅十分宏大的历史画面：

亚洲地区语言文字拼音化或拉丁化的大戏是从日本（从明治维新开始）、越南（从被法国人殖民开始）、中国（从五四时期开始）、土耳其（从新国家建国开始）这么一个个国度轮番上演的，有的尝试了，没成功，如日本、中国；有的最终成功了，如越南（19世纪末）、土耳其（20世纪初）。

不同的是，拉丁字母在越南成功置换汉字是挖了"汉字圈"和表意文字的墙角，而在土耳其的"掉包"成功占据了阿拉伯字母的地盘。

不过，由于小亚细亚半岛原本就曾是古罗马帝国的地盘，土耳其文的拉丁化在我看来也算是一种文字复辟和周而复始吧。

如今这场跨几个世纪的文字拉锯战还在斯拉夫文字、西里尔字母和拉丁字母之间如火如荼地进行着，那就是近些年土库曼斯坦、乌兹别克斯坦等中亚诸"斯坦国"用拉丁字母取代西里尔字母的运动。倘若纳扎尔巴耶夫总统的构想能够如愿实现，中亚地区国土面积最大的哈萨克斯坦国在2025年"去西里尔化"的工程能够如期完成，那么俄文字母就将再失去一大重镇，拉丁字母将从土耳其到中亚地区连为一大片，同时，拉丁字母的版图也会接着向东延伸,直到和中国西部边疆大面积接壤。

不过,从字母的源头上说,西里尔字母和拉丁文字母的母体都是希腊字母,它们的关系如同异卵双胎,且都是拼音字母,因此,在我看来罗马的拉丁和斯拉夫西里尔字母之间的争斗是属于"同胞兄弟之间抢占地盘",性质和用拉丁字符替换汉字是截然不同的,后者纯属"外来文字物种"的入侵。

在道听途说中,即便我能听出"土语"中夹着的诸多英、法文单词,土耳其语也是一门我只想看不想"吃"(学习)的语言。多年前我曾购得一本二手的旧书《突厥语语法》,这真是一门古老而神秘莫测的语言:它竟然和我目前熟悉的那些语言之间没有任何相通之处,尽管表面上看上去它不生疏,用的也是和英语一样的拉丁文字母。

十二 "浪漫之旅"的不舍终结

我是在刚失去一位高中同窗挚友之后,在至痛中踏上浪漫国度土耳其的"伴郎"之旅的——我们可爱的团友中,有三对幸福的新婚伉俪。浪漫蜜月的行程里,怀揣着百年眷恋的希冀,永恒古迹的盘桓中,新生命在爱意下孕育而萌生。

生与死,新与旧,荣光与衰败,激情与永恒……这些个主题在我脑海中一遍遍印度飞饼似的翻腾。

对于尚存人世的人来说,在遏制不住对故人的思念的焦虑中旅行,当旷世的美景一幕幕在你的眼前展开时,你的感觉是怪怪的,你有一种负罪感,同时你又觉得你有一丝的幸运,更进一步,你觉得你是在代替故友审视他本来也该看到的一切,于是,你尽可能地多看、多体验。

从两千米的高空滑翔到七八百米的热气球腾飞,再到爱琴海、地中海中下沉探底,两周中我经历了很多人生的极限体验,见到无数古罗马拜占庭、奥斯曼的遗址废墟,废墟是死亡和再生的辩证。

人生半百之后,生死的问题就逐步纳入日程,只不过个人生命的来和去与时空横亘的历史废墟相比显得过于渺小。

于是,我使劲将挚友一天天在脑际中作淡化处理,我神游、我狂喜,因为我们都将先后地面对历史遗物的嘲笑,而且我们也都将要或多或少、或轻或重地变为废墟的一个成分。

土耳其是个阳光耀眼的、费解的国度:耀眼"帝国"过去不可一世的恢弘,费解的因骄奢淫逸而导致的分崩离析,还有1923年又洗心革面重新建国——那可叹的"火鸡"(而不是凤凰)在历史灰烬中涅槃再生。

丰富的大自然、实在的人性、宗教世俗的博弈共存。

以上的一切,最后都将在本文最后这个"猫与废墟"的画面中焦距。

(先交代下:"土国"是人和猫、狗平起平坐的国家,土国的猫、狗既不是宠物也不是野生的,它们就是它们,它们居住在废墟之中,它们看护着古迹。)

我的画面是:在伊斯坦布尔索菲亚大教堂——那个曾经的世界上最大的教堂——前面有一个凹下去的沟,沟里面摆放着许多拜占庭时代华美大理石雕件的残躯。蓝天白云之下,我看见一只不太健壮的灰黄色的猫,它正在公元537年打造的一堆凋零破败的白色石头堆中做着下午的睡梦。

那懒猫偶然翻翻身子换个姿势让人拍照——土耳其人都挺喜欢让人照相的,有的还追着你摆pose,不照就不依不饶的呢。

全文完

(2018年8月8日,自土耳其归来十天后完稿;次日修改)

这是一部计划外的集子

兴许是计划生育政策不再实行了的缘由,本来没计划的这个集子在不知不觉中诞生了。

自从上个随笔集《梅花三"录"》出炉之后,我就发誓不再写作——都24部书了,而且没什么人读,还不如画画好玩。于是,我使劲转型,想一跃变为画家和摄影家,谁知绘画、摄影都没成气候,"心得录"倒是写了一堆,多到不想结集都不得不结集了。

关于这第二十五个恐怕没人愿读的集子,我还想说明一下:它是本人以前所有作品集中体态最苗条的,它不算太长。本人近两年常身挎一个不大不小的帆布包,能放进去的就算是好书;放不进去的、大的,就都不是。所以,以往本人的所有作品,都不达标。

我之所以决意将从2016年开始书写的这些文字编成恐怕是最后的一个集子,是因为它基本符合"小民"之前所有成集作品的最低要求:其中一定要有"生命的硬菜"。啥是?借用商业英文中被用得俗得不能再俗的challenge——"挑战"一词，就是本人的任何一本书中都必须有vital challenge——"致命性的挑战"。记住，至少有一两样；当然，多了更好。那么这个集子虽然不长，其中内藏的"挑战"可谓多多，依次数，有翻译的挑战、生命的挑战（糖尿病）、学习新技艺（绘画、摄影）的挑战、学习新语言（波斯语）的挑战……直至浪迹天涯、到小亚细亚的高空去挑战滑翔跳伞。

以上的这些，都被散乱地埋藏在本书的将近十万字的生命记录之中，于是说，它不是秀才艺，而是秀生命。

2018年8月20日，星期二，于复兴门